L'ÂGE FRAGILE

DONATELLA DI PIETRANTONIO

L'ÂGE FRAGILE

roman

Traduit de l'italien
par Laura Brignon

ALBIN MICHEL

« Les Grandes Traductions »

Édition originale parue en Italie sous le titre :
L'ETÀ FRAGILE

Ce livre a été traduit grâce à une aide à la traduction allouée
par le ministère italien des Affaires étrangères
et de la Coopération internationale.

Questo libro è stato tradotto grazie a un contributo
per la traduzione assegnato dal Ministero degli Affari Esteri
e della Cooperazione Internazionale italiano.

À toutes les survivantes

« Il n'y a pas de mort naturelle : rien de ce qui arrive à l'homme n'est jamais naturel puisque sa présence met le monde en question. »

Simone de Beauvoir,
Une mort très douce

AMANDA

1

Le désordre que je trouve chaque matin me rappelle que je ne suis plus seule. Amanda est revenue, je regarde autour de moi et bute sur ses traces : une assiette avec un bout de pain grignoté sur l'accoudoir du canapé, un fond de boisson dans un verre. La couverture est roulée dans un coin à côté du livre abandonné, toujours aux mêmes pages.

Ces derniers temps, mon sommeil a perdu de sa légèreté, je n'entends plus Amanda se déplacer dans l'appartement. Parfois seulement, quand je me retourne dans mon lit, ses pas tardifs font vibrer le sol de ma chambre.

Je ne sais pas à quelle heure elle se lèvera. Je bois mon café, pose des biscuits et l'unique tasse rescapée de son adolescence sur la table. Le soleil tombe dessus, il illumine la vache avec une touffe d'herbe dans la bouche.

Je laisse le pot à lait vide sur le gaz, ce qui signifie : « Fais-toi chauffer du lait. » Elle pourra en verser dans le reste de café ou bien ignorer mon message. Elle pourra apprécier mon attention ou s'agacer d'être traitée comme une gamine.

Je ne comprends pas ses horaires de travail, si on peut appeler cela un travail, ses départs et ses retours à la maison me semblent imprévisibles. Chacune de mes questions à ce sujet l'irrite. J'essaie de la croiser au moment des repas.

Je vérifie qu'il y a quelque chose de nourrissant dans le frigo, au cas où elle sauterait le petit déjeuner. Les coquilles parfaites des œufs me rassurent. Elle est toujours maigre, ma fille.

J'enlève chaussures et pantoufles du tapis, je débarrasse le canapé. Si quelqu'un venait, j'aurais honte de ce désordre. Sous la couverture, le téléphone d'Amanda est éteint.

Je peux sortir. *Aujourd'hui, je suis chez papi*, je lui écris sur un bout de papier. Je le pose à côté du vase de tulipes jaunes. J'ajoute un cœur, que j'efface aussitôt.

2

Mon père habite à mi-chemin entre le village et la montagne. Ce matin, il n'est pas aux champs, mais assis sur la pierre de l'âtre, contrarié. À la maison, il s'ennuie, lire une page du journal le fatigue et à la télévision ils ne font que blablater.

« Il faut que tu m'accompagnes quelque part. »

La journée est d'une limpidité presque blessante. Il n'a jamais porté de lunettes de soleil, il plisse les paupières quand un rayon l'éblouit. Sa vieille Brava monte virage après virage, une de mes oreilles se débouche, puis l'autre, et j'entends plus distinctement le moteur. Il est absorbé par la conduite, son profil tressaute à chaque nid-de-poule, il a le nez de plus en plus tranchant, les lèvres pincées. Soudain, il s'extrait de ses pensées, me demande comment va Amanda.

« Elle dormait », je lui réponds, et nous ne disons plus rien.

Devant nous, la montagne. Le vert tendre grimpe en altitude, colore la hêtraie séculaire et l'espace que les bergers appellent «le nu», où les arbres arrêtent de pousser, laissant place à la prairie. Au-delà, c'est encore l'hiver.

Au fur et à mesure, la route lui devient plus familière; allez savoir combien de fois il l'a parcourue à pied, quand ce n'était qu'un chemin de terre ou un sentier. Il pourrait conduire les yeux fermés, maintenant. Il regarde par la vitre : il est né là-haut, au niveau des champs cultivés, et, vingt-cinq ans après, je suis née à mon tour. Cette vallée, il y a été jeune, moi, seulement enfant. Ensuite, nous avons déménagé là où il habite toujours. Ici, il a chassé et parfois braconné.

Cela fait très longtemps que nous ne sommes pas allés à la montagne ensemble, je ne saurais dire depuis quand. Il entrouvre la vitre, inspire profondément. Il oublie son emphysème et sa sténose aortique, ses joues creuses se ravivent. L'air qu'il a laissé ici lui a toujours manqué.

Nous arrivons à destination, il se gare sur le bas-côté.

Le cabanon de la Shérif tient encore debout, même sans elle. Je me rappelle quand je m'asseyais aux tables de l'esplanade parmi les randonneurs, dans la fumée des *arrosticini*, les brochettes de mouton. Ou bien j'aidais au service, quand il y en avait besoin.

Les hêtres frôlent presque le toit de leurs feuilles tout juste ouvertes.

«Cette parcelle de forêt est encore à nous, garde-le à l'esprit pour plus tard», déclare mon père en indiquant le patrimoine naturel de sa famille.

« Plus tard », c'est quand il ne sera plus là. Je pourrai déposer une demande aux Eaux et Forêts et couper du bois pour l'hiver, m'explique-t-il. Il sait que je ne le ferai pas, il n'a jamais vu la cheminée allumée chez moi.

« Tu m'as emmenée jusqu'ici pour me laisser la forêt ? dis-je pour plaisanter.

– Il n'y a pas que ce que tu vois. »

Il traverse la route et emprunte une petite allée envahie par l'herbe. Je suis à contrecœur sa démarche douloureuse, je sais ce qu'il y a dans cette direction.

L'enseigne du camping n'était pas ainsi dans mon souvenir, elle a perdu quelques lettres et le M est à l'envers, ce qui le transforme en W. Une tige de ronce s'enroule autour du portail fermé par un cadenas, j'ignorais que mon père avait une clé. Il pousse le vantail, dépasse le tas de ferraille sur la terre herbeuse, continue vers les quelques bâtiments en dur abandonnés et détériorés. Sous un auvent, la rangée de lavabos pour les clients, certains vandalisés, de même que les portes des toilettes dégondées. Nous longeons la piscine, lui toujours quelques mètres devant moi. Déchets et branches cassées au fond du bassin, où se dresse un arbuste indécis, incongru. Plus loin, les emplacements des tentes ont disparu, la végétation a repris ses droits.

« Tu veux bien me dire ce qu'on fait là ? Qui t'a donné la clé ?

– Je voulais que tu voies dans quel état est cet endroit. »

Je hausse les épaules, j'ai vu, on peut repartir. Cet endroit ne m'intéresse pas.

« Ici aussi ça t'appartiendra, plus tard », dit-il.

Un signal d'alarme monte de mon ventre, me noue la gorge.

« Ce n'est pas possible. Tu l'as vendu, ce terrain. »

Il a essayé pendant longtemps, mais il n'a pas réussi, avoue-t-il.

Je reste un moment silencieuse dans le chœur des oiseaux. À intervalles réguliers, le solo du coucou.

« Après le drame, personne n'en voulait, même pas à prix cassé. » On dirait qu'il veut se justifier.

« Moi non plus je n'en veux pas, cet endroit fait peur. »

J'ai élevé la voix, l'écho répercute les dernières syllabes. Il m'appartiendra forcément, je suis sa seule héritière.

« Un de ces jours, on ira chez le notaire pour la donation. »

Ce pouvoir que mon père exerce encore sur moi : celui des décisions déjà prises, irrévocables.

« Je la refuserai, j'ai déjà assez de problèmes. »

Je lui tourne le dos et repars vers la voiture. Je n'entends plus les chants d'amour de la forêt. Cette renaissance printanière ne me concerne pas.

3

Milan ou rien. Elle présentait son avenir dans ces termes, lors de sa dernière année de lycée. Le village, rester, ce n'était rien. Milan, la ville où elle vivrait enfin sa vie.

Elle s'est préparée tout l'été, je la trouvais sur son lit aux heures caniculaires, un crayon retenant ses cheveux et un autre à la main pour cocher des cases de QCM. Elle sortait peu et sans entrain : les amis qui lui envoyaient des messages ou lui téléphonaient appartenaient déjà au passé.

Elle faisait aussi la sourde oreille à mes suggestions : Rome, trop proche ; Bologne, provinciale.

« Pourquoi tes camarades y vont, alors ?

– Ils ne sont pas courageux, ils restent à une distance raisonnable. »

Dans un centre commercial, nous avons choisi une grande valise et une petite. Elle les a voulues robustes, même si elle ne rentrerait qu'à Noël et à Pâques, m'a-t-elle spécifié.

« Tu viendras me voir de temps en temps, ça te fera du bien », a-t-elle répondu aux objections silencieuses de mon regard.

En septembre, son père l'a accompagnée à l'épreuve d'admission de l'université de Milan. Amanda m'a appelée avant de la passer. Dans sa voix, ce mélange de peur et de détermination typique d'elle.

Elle est revenue les yeux brillants des lumières de la ville.

« On a l'impression d'être en Europe, là-bas », a-t-elle dit.

Ils avaient dîné dans un restaurant au bord des Navigli. Ils avaient fait une sorte de visite touristique, ai-je déduit de son récit avare. Je la trouvais rayonnante, après ces deux jours passés en compagnie de son père.

« Les vraies escalopes, ça n'a rien à voir avec celles que tu fais », et elle a posé une main charitable sur mon épaule.

Lorsqu'elle lui a annoncé qu'elle avait été reçue, son grand-père lui a ouvert un compte en banque sur lequel il a déposé mille euros.

« Chaque mois, quand je toucherai ma retraite, j'y verserai cinquante ou cent euros », lui a-t-il promis.

Il lui paraissait incroyable qu'elle puisse retirer cet argent de si loin. Et les études qu'elle entreprenait, mystérieuses : sciences internationales et institutions européennes. Mais il l'avait entendue commenter le journal télévisé, la voix vibrante de révolte.

Mon père était fier de son unique petite-fille, arrivée trente-deuxième sur plus de quatre cents. Au début, il lui avait fallu un peu de temps pour accepter les couleurs de cette nouveau-née, ses cheveux presque roses qui ne venaient pas de notre famille.

Moi aussi, j'ai été fière de ses résultats à l'examen d'entrée. J'avais enfoui le petit espoir qu'elle ne soit pas admise. Un serpenteau lové dans une grotte profonde voulait encore la garder auprès de lui.

Je lui ai acheté des draps et des serviettes, des pyjamas, tout le nécessaire auquel les jeunes filles ne pensent pas. En quelques jours, je lui ai appris à utiliser la machine à laver, à étendre les vêtements foncés à l'ombre. Elle allait découvrir d'autres lieux, ce dont je n'avais pas eu l'opportunité.

J'ai pris le train avec elle, ses valises étaient lourdes.

« Les draps, on aurait pu les acheter à Milan, non ? » a-t-elle dit.

Mais ils ne pesaient pas grand-chose, à côté des bocaux remplis de sauce. Elle en avait pour des mois, j'avais cuisiné en pensant à long terme. Seule cette démarche m'avait permis de me persuader qu'elle pouvait survivre sans moi.

L'ascenseur était en panne. Nous avons transpiré ensemble dans l'escalier un peu sinistre de l'immeuble. La fille qui a ouvert a dévisagé Amanda et lui a montré sa chambre.

« Tout à l'heure, viens me voir pour signer le bail », a-t-elle demandé.

Les autres, nous ne les avons pas croisées. Dans la chambre, un mobilier bas de gamme, des moutons dans les coins. Amanda n'avait pas l'air d'y prêter attention. Elle ne m'a pas retenue longtemps, juste le temps de l'aider à ranger quelques affaires dans le placard.

« Je passe aux toilettes », ai-je dit avant d'appeler un taxi et de la quitter.

À mes pieds devant la cuvette, un carrelage crasseux. Mais il ne l'était pas vraiment, juste vieux. Au-dessus de la baignoire, le rideau en plastique décoré de petits éléphants ; la répartition du ménage affichée sur la porte. Un point d'interrogation attendait d'être remplacé par Amanda.

Un Taxiblu me reconduirait à la gare. Je l'ai étroitement serrée contre moi. « Appelle-moi quand tu seras arrivée », a dit Amanda en s'écartant.

Pour la première fois, c'était elle qui me le demandait.

4

Un an et demi après, ma fille a pris un des derniers trains. Ensuite, il n'a plus été possible de quitter Milan ni aucun autre endroit d'Italie. Je regardais en direct à la télé les gens se presser dans les escalators, s'entasser sur les quais. Je cherchais dans la foule le flamboiement de ses cheveux. Pendant ce temps, elle me parlait au téléphone. Je vais peut-être arriver à monter dans un train. Je l'imaginais se frayer un passage, toute menue, avec sa valise. Tout le monde retournait dans le Sud.

Elle est arrivée à dix heures du soir, avec deux heures de retard. Elle n'en finissait pas de descendre ses bagages, un garçon les lui passait depuis le wagon. Il est sorti fumer une demi-cigarette sur le quai avant de repartir.

Instinctivement, je me suis approchée d'elle, elle m'a arrêtée d'un geste. Ça pouvait être dangereux.

Dans la voiture, elle a allumé la radio et s'est abandonnée sur son siège, laissant sa tête dodeliner comme si elle dormait. Elle était trop fatiguée pour dire plus que quelques mots.

« Pourquoi est-ce que tu as pris tout ça ? lui ai-je demandé. Dans quelques semaines, la situation reviendra à la normale, les facs rouvriront.

– Qu'est-ce que tu en sais ? On n'a aucun moyen de prévoir. »

Elle a regardé d'un air distrait la porte du village, le saint bénissant de la main depuis sa niche.

À la maison, j'ai allumé le four pour lui réchauffer les pâtes, elle l'a éteint.

« Je mangerai demain. »

Elle est allée dans sa chambre avec son sac à dos, abandonnant le reste dans le salon. Je n'ai plus entendu aucun bruit, de l'autre côté de sa porte.

Plus tard, j'ai ouvert ses valises, elles contenaient les draps colorés que je lui avais achetés. Le tissu entre les doigts, j'ai eu le pressentiment que ce retour avait quelque chose d'obscur et de définitif.

Le matin, je l'ai laissée dormir. Elle récupérait de la fatigue du voyage. Cependant, elle n'avait pas mangé. Et la veille, pas eu le temps d'avaler un sandwich, avant de monter dans le train. Service de restauration suspendu à bord.

J'ai commencé à compter les heures, comme quand elle était toute petite et ne se réveillait pas pour la tétée. Ensuite, elle avait une faim féroce, elle mordait mes tétons avec ses gencives coupantes.

Élever Amanda a été douloureux. Je ne la comprenais pas, je ne comprenais pas ce qu'elle attendait de moi. J'avais peur de me retrouver seule avec elle. La nuit, mon mari la promenait dans l'appartement contre son épaule, après avoir fermé la porte de la chambre pour que je me repose.

Dans la salle d'attente chez le pédiatre, les autres mères identifiaient le problème au premier vagissement de leur enfant. Moi, ma fille pleurait et je ne savais pas pourquoi. J'avais la poitrine pleine, mais parfois elle s'en détachait brusquement en criant. Mon lait ne doit pas être bon, me disais-je. J'en faisais perler sur mon doigt et goûtais. Sur sa petite langue, ce que je sentais sucré devenait peut-être amer. Je me souviens de l'avoir secouée pour qu'elle arrête de crier, mais pas trop fort.

Vingt ans après, alors qu'Amanda ne se réveillait pas, j'ai été saisie d'une nouvelle inquiétude. Onze heures, midi. Allez savoir si à Milan, elle vivait la nuit et dormait le jour, comme quand elle était tout bébé. J'ai commencé à faire du bruit dans l'appartement, j'entrechoquais des casseroles, déplaçais des meubles. Seule Rubina s'en est aperçue.

D'en bas, elle m'a entendue sur le balcon : « Descends », m'a-t-elle signifié d'un geste. Elle était assise sur une chaise longue, sa jupe relevée sur ses cuisses et les manches retroussées.

Je me suis moi aussi exposée au soleil de mars.

« Amanda est revenue, tu as étendu son linge. »

Elle m'a demandé comment elle allait, et je ne le savais pas. « Elle est fatiguée, ai-je répondu. Elle va étudier à la maison pendant quelque temps. »

Elle a hoché la tête, les yeux fermés. Mais je n'avais pas trouvé de livres dans ses valises.

« De toute façon, maintenant, c'est repos obligé. Tout est à l'arrêt », a dit Rubina en tournant l'intérieur de ses bras vers le soleil.

Elle regrettait que la chorale soit suspendue.

« Les dernières fois, on était plus à l'aise avec le chant tsigane », et elle a fredonné le début.

Je n'avais pas envie de parler, j'attendais seulement que ma fille se lève. De temps à autre, je lorgnais ma montre en coin. « Je monte », ai-je annoncé à une heure et demie.

Dans l'appartement, je n'y voyais pas bien à cause du soleil que j'avais encore dans les yeux. J'ai frappé à sa porte, puis je suis entrée. Elle était sous la couette, la tête enfouie sous l'oreiller.

J'ai découvert son visage, pendant quelques instants elle m'a regardée comme si elle ne me reconnaissait pas.

« Je suis en quarantaine, éloigne-toi, a-t-elle dit. Je mangerai dans ma chambre.

– On se mettra chacune à un bout de la table, elle est assez longue. »

Elle s'est assise, sombre.

J'ai aéré sa chambre pendant qu'elle se servait une assiette de gnocchis dans la cuisine. Dès qu'elle a eu fini, elle est repartie s'enfermer.

Cette nuit-là, plutôt vers l'aube, un mouvement souple de l'autre côté du lit m'a réveillée. Amanda s'était recroquevillée, petite boule me tournant le dos. Je ne sais pas combien de temps je suis restée sans bouger, étonnée. Puis elle s'est mise à pleurer sans voix. Seulement des soubresauts et des reniflements. Alors, je l'ai étreinte, les bras légers. « Ne me pose pas de questions », a-t-elle dit.

Ça a été mon dernier contact rapproché avec ma fille. C'était il y a un peu plus d'un an.

5

Ces semaines-là, Amanda a dormi. Elle le jour, moi la nuit, hibou et alouette. Nous occupions les espaces partagés à tour de rôle, entrant parfois en collision.

Vers midi, j'étais prise d'une envie frénétique de la réveiller. Je passais longuement l'aspirateur dans le dégagement devant sa chambre, comme si toute la saleté de l'appartement se concentrait là. Je savais que c'était peine perdue, mais le bruit de l'appareil réglé à sa puissance maximale lui signalerait peut-être, dans son sommeil, que de l'autre côté de ses paupières et de la porte de sa chambre il y avait la lumière du printemps, la vie.

« Lève-toi, bon sang ! » ai-je crié une fois.

Elle a sorti la moitié de sa tête de la couverture. Un regard chassieux dans ma direction.

« Pour quoi faire ? »

Je lui ai dressé une liste : manger, réviser, se balader dans le village, faire un peu d'exercice.

Elle a répondu point par point : « Je n'ai pas faim. Je

n'ai pas mes livres. L'exercice, c'est bon pour toi et ta ménopause. »

L'odeur viciée de sa bouche toujours fermée a stagné dans l'air. J'ai attrapé un bout du drap et l'ai arraché d'un geste vigoureux, découvrant son corps recroquevillé dans un pyjama imprimé de paires de cerises.

Elle s'est levée d'un bond, m'a poussée violemment. Le placard m'a évité la chute. Je ne voulais pas tomber.

« Ne fais plus jamais ça », lui ai-je dit, les mains moites, appuyées contre la porte du placard.

Elle s'est assise sur son lit. Dans le halo de la lampe qu'elle laissait allumée la nuit, sa chevelure était terne, toutes les nuances de roux éteintes.

« Lave-toi, tu ne sens pas bon. »

Elle n'a pas réagi. Nous sommes restées immobiles pendant un temps, moi debout en face d'elle. La colère redescendait doucement, désenflammait nos visages. Nous prenions nos mesures pour ne pas devenir ennemies.

Son téléphone sonnait quelque part sous son lit. Je l'avais déjà entendu retentir auparavant, longuement. Ma question sans parole : pourquoi tu ne réponds pas ? Elle a laissé les sonneries s'égrener une à une, puis elle a reçu un message.

« Le petit déjeuner est encore sur la table, le déjeuner aussi », ai-je ajouté. Il était quinze heures.

Plus tard, l'eau a coulé dans la salle de bains et j'ai éprouvé un soulagement proche de la joie. Ainsi, elle m'écoutait, parfois. Il restait encore une brèche où je pouvais glisser ma voix.

J'ai ouvert grand la fenêtre de sa chambre, l'air frais faisait irruption dans le désordre. J'ai tendu le bras sous son lit, craignant d'être prise sur le fait. Un certain Lorenzo avait appelé plusieurs fois, et papa aussi. J'ai repoussé le téléphone à sa place initiale.

Dans la salle de bains, encore le bruit de l'eau, puis celui du sèche-cheveux, rassurants. Voilà à quoi j'en étais réduite : une mère heureuse d'entendre sa fille se laver. Elle est sortie parfumée, ses cheveux retombaient, vaporeux, sur sa poitrine, ses yeux pailletés de noisette étaient plus verts. Elle n'est pas retournée s'enfermer dans sa chambre, mais elle a disparu.

J'ai répondu à son père en essayant de me souvenir depuis combien de temps il ne m'avait pas appelée.

« Qu'est-ce qui se passe ? » a-t-il demandé.

Il était inquiet, ça faisait des semaines qu'il n'avait pas réussi à la joindre au téléphone.

« Je ne sais pas, elle ne me dit rien non plus. Elle ne parle à personne.

– Mais à la maison, elle fait quoi ?

– Rien.

– Et tu n'arrives pas à la secouer ? »

Non, je n'y arrivais pas, et je n'y arrive toujours pas aujourd'hui. Il n'avait qu'à venir essayer, s'il voulait. J'en aurais profité pour lui reposer certaines questions, dont il ne se souvenait même plus. Et il aurait peut-être embarqué ses pulls restés dans l'armoire. Ils sont toujours là. Parfois, je les sors, craignant qu'ils soient mités. Je les inspecte à contre-jour pour m'assurer qu'ils sont intacts. C'est le cas, la laine est de bonne qualité. Je les replie et les range, sur deux piles.

« Je ne peux pas venir », a dit Dario.

Alors, je ne pouvais rien pour lui.

Ça met mon père en colère, que je ne fasse pas les papiers pour le divorce. Et ce mou du genou non plus, grommelle-t-il. C'est vrai, nous sommes liés par cette omission, ainsi que par d'autres choses que nous ignorons. Et par Amanda, évidemment.

Je continue d'être gênée quand je dois parler de lui. Mari, ça grince dans ma bouche, ex-mari, ce n'est pas vrai, père de ma fille, je ne sais pas.

Amanda, je l'ai vue du balcon, plus tard. D'une main, Rubina la coiffait et, de l'autre, elle lui coupait les cheveux. Elles étaient au soleil, dans le jardin. Pas trop, pas trop, la freinait Amanda en écartant son pouce et son index de deux centimètres. Juste les pointes.

6

Mon père a prévu de faire dire une messe, comme chaque mois de mai depuis qu'il est veuf. Une semaine avant, il chausse ses lunettes et cherche dans un vieux répertoire le numéro de don Arturo, écrit de la main alerte de ma mère il y a bien longtemps. Il fixe la date puis prévient la famille proche, dont il connaît les numéros par cœur. Il m'appelle en dernier.

Cette fois, c'est plus important, après la frustration de l'an passé. « Évoque-la dans ton cœur », l'avait consolé le prêtre à distance. Il s'était vexé, il pensait à elle tous les jours sans avoir besoin qu'on le lui suggère.

Au téléphone, il me parle du potager, nous débattons du nombre de plants de tomates pour cette année, mais il a déjà décidé d'en mettre plus de deux cents, comme d'habitude. C'est son défi lancé à l'âge, aux maladies.

« Amène Amanda aussi, à l'église », dit-il à la fin.

Ce faisant, il me transporte en un instant de la terre humide qui accueille les racines et les graines à mon point le plus douloureux.

«Jeudi après-midi, elle travaille peut-être, je le préviens.

– Tu appelles ça un travail, toi ? Elle n'a qu'à demander une autorisation, pour sa grand-mère.»

Amanda avance l'excuse que j'avais anticipée : personne ne peut la remplacer au bar.

Elle ne veut pas venir. Elle ne se présentera pas devant des membres de la famille dont elle se moque. Le seul regard qui peut la blesser est celui de son grand-père, elle l'évitera.

Plus tard, j'insiste quand je la croise devant les toilettes. C'est l'endroit où je tends mes embuscades.

«Arrête, toi non plus tu n'y crois pas, à ces messes», me dit-elle, avec une expression à la fois apitoyée et méprisante.

Mon père me voit descendre seule de la voiture et ne fait pas de commentaires. Il bavarde avec le prêtre sur le parvis en bitume. C'est une des rares églises encore ouvertes à la campagne, béton et briques des années 1970. Elle a sur moi un effet répulsif.

«Je ne sais pas quoi te conseiller, don Artù, ce n'est pas mon domaine, ça.»

Depuis peu, don Arturo cultive des truffes sur un petit terrain à lui.

Les gens s'asseyent en respectant la distance, lui et moi au premier rang. Il se retourne pour voir qui est là et qui est absent.

Au-dessus de l'autel, je retrouve la fresque avec les deux groupes d'anges grossièrement peints et un Dieu éblouissant au milieu. L'odeur de l'encens me manque et ma mère me manque, le temps de cette cérémonie en sa mémoire. Elle saurait peut-être m'aider, avec Amanda.

Ma mère est morte un peu plus chaque jour, mois et année de sa maladie. Ses facultés ont disparu une à une : cuisiner pour vingt personnes à la période du battage, reproduire une broderie du magazine *Mani di Fata*, sourire à son unique petite-fille.

« Vous voulez acheter un lapin, madame ? » me demandait-elle alors que nous l'avions déjà perdue.

C'est mon père qu'elle a quitté en dernier, elle a arrêté de l'appeler. Cela faisait déjà longtemps que je n'étais plus une seule et même personne pour elle. Je changeais d'identité à chaque fois, je passais de la dame qui achetait un lapin à la voleuse qui dérobait son argent dans le tiroir de la commode.

Aujourd'hui, elle nous regarderait avec tendresse, son mari et sa fille, si seuls au premier rang, chacun avec sa peine enfermée dans sa poitrine. Elle prendrait nos mains pour nous réconforter. J'essaie d'imaginer la chaleur de ce contact.

Pendant l'homélie, don Arturo évoque la femme active qu'elle a été, toujours aux côtés de son époux. Je ne sais pas si, quand elle avait encore toute sa tête, elle aurait voulu qu'on se souvienne d'elle en ces termes. Une travailleuse infatigable, répète le curé, un peu emphatique. Il tire satisfaction de cette vérité rassurante et partielle. Il ne sait pas que ma mère a dû tomber malade pour pouvoir se reposer. Avant, son époux ne lui a laissé aucun répit, il exigeait d'elle qu'elle soit un homme aux champs et une femme à la maison.

La messe n'en finit pas, j'avais la même sensation quand j'étais jeune. Je ne me joins pas au chœur de prières, ne me signe pas, ne prends pas l'hostie, ne m'agenouille pas. Les chants sont interdits et, de toute façon, je n'ai jamais aimé les cantiques. Parfois, j'appréciais les voix, mais la dévotion aveugle pour les textes me perturbait. Don Arturo tolère ma présence détachée, il espère peut-être encore qu'un de ses mots me convertira. Néanmoins, je me lève et me rassieds avec les autres. Avant, je tendais aussi la main à mes voisins, maintenant on n'échange plus le signe de paix, on se contente de se regarder. Je n'avais pas vu notre vieux médecin de famille, assis derrière nous. Lui aussi est venu, pour ma mère. Je pourrais lui parler d'Amanda, mais je ne sais pas quoi dire au sujet de ma fille. Peut-être qu'elle n'a le goût à rien.

Au *Notre Père*, je pousse un soupir soulagé, d'ici peu nous irons en paix.

Dehors, nous saluons les membres de la famille et les gens du hameau sans les toucher, une amie de ma mère attend à l'écart que les autres s'en aillent. C'est plus fort qu'elle, elle me prend dans ses bras. Elles se connaissaient depuis l'enfance, elles sont allées ensemble chez les bonnes sœurs, elles apprenaient la broderie. Puis l'amie s'est mariée avec un homme du village, elle a eu une vie plus douce.

« Que fait Amanda, hein ? Qu'est-ce qu'elle fait ? demande-t-elle avec l'affection pressante de qui s'attend à de grandes choses.

– Pour le moment, elle révise à la maison, je mens. Elle s'est aussi trouvé un petit boulot, c'est pour ça qu'elle n'a pas pu venir.

– Je me souviens d'elle dans les bras de sa grand-mère, elle faisait sa joie. »

Mon père et moi restons sur ce parvis noir, don Arturo ferme l'église et nous rejoint. Nous voulons tous les deux lui donner les trente euros pour la messe, mon père l'emporte. Il lui tend les billets cachés dans son poing, comme s'ils étaient un peu obscènes.

« Tu as fait un beau sermon pour Concetta », lui concède-t-il en prenant congé.

Puis nous nous dirigeons vers les voitures et il me dit qu'il a pris rendez-vous chez le notaire pour la donation le jour de fermeture de mon cabinet. Il ne me laisse même pas le temps de me mettre en colère.

« Réfléchis à ce que tu veux faire avec ta fille. Tout à l'heure, je me suis arrêté prendre un café au bar et elle n'y était pas. »

7

Je la cherche sur l'écran, je trouve des gens comme elle. Les reclus. Enfermés dans leur chambre, dans leur tête. M. n'est pas sorti de chez lui pendant trois ans. Sa mère et lui en parlent dans une vidéo, assis dans de petits fauteuils bleus. Viens voir un peu ici, ai-je envie de dire à l'expert à la moustache bien taillée qui intervient dans la foulée. Viens dialoguer devant la porte d'Amanda, elle t'ouvrira peut-être, à toi. Elle donnera peut-être des explications face à ton air doctoral.

Les Japonais, eux, étudient leur plasma. Ils y observent une carence en acides aminés, en bilirubine. Elle est peut-être malade, alors. Elle est si maigre, pâle. Certains jours, le peu que je la vois, ses cernes sont aussi sombres que des hématomes. À table, elle veut la télévision allumée pour éviter le silence, le poids de mon regard. Elle grignote du bout des lèvres, puis se lève et retourne dans sa chambre, qu'elle vient à peine de quitter. Pendant ces quelques minutes, mon appétit aussi se dérobe, diminue.

Elle revient s'asseoir et fixe son assiette, une jambe posée sur la chaise vide. Elle recommence à manger, les pâtes sont déjà tièdes et elle ne les aime pas comme ça. Elle grimace et se force à finir, elle peut encore se lever de table une ou deux fois. Si je lui demande de prendre une bouteille d'eau ou un couvert dans le tiroir, cela lui demande des efforts. Pourtant, elle n'est debout que depuis une demi-heure.

La digestion semble drainer toute son énergie, elle s'affale sur le canapé. Elle fait défiler l'écran de son téléphone avec indifférence. Elle m'oppose mutisme et refus, chacune de ses phrases contient au moins un non. À certains moments, elle devient brusquement conciliante. J'en profite, je la convaincs, je l'accompagne à l'hôpital pour faire des analyses de sang.

Une infirmière nous accueille, elle est gentille, nous nous connaissons. Amanda va faire sa prise de sang avec elle, qui a une main sur son épaule. Elle craint les piqûres, ils vont la garder quelques minutes.

Je n'ai rien à lire pendant mon attente. L'infirmière a dû serrer le garrot hémostatique, elle doit palper la veine qu'elle va piquer. Celles d'Amanda roulent et sont profondes, difficiles à repérer. La dernière fois, il leur a fallu utiliser l'aiguille pour en trouver une et elle a failli tourner de l'œil. Elle est peut-être anémique, comme je l'étais à son âge. Ma mère me cuisinait du foie, elle m'achetait des compléments sous forme d'ampoules à la pharmacie.

Un homme sort, la manche gauche de sa chemise retroussée, du coton pressé sur sa veine. Je suis frappée par son teint maladif et par l'air familier qui se dégage de ses yeux larmoyants. Lui aussi me regarde furtivement tout en essayant de plier le papier qui lui servira à aller retirer les résultats. Il le fait tomber, je le ramasse et le lui tends. Alors, son regard s'éclaire.

« Bonjour, Osvaldo. »

Il me fixe et se concentre.

« Je suis la fille de... – mais c'est lui qui prononce le premier le prénom de mon père.

– Depuis tout ce temps, je ne t'ai pas reconnue, avec le masque. Tu as changé », dit-il.

Chez lui non plus, il ne reste pas grand-chose de l'homme qu'il était. Mais il est toujours aussi grand, il se tient encore très droit. Je lui demande comment il va.

« On fait aller. Ce n'est pas bon signe, quand on croise les gens à l'hôpital. »

Il veut savoir ce que je fais là, moi.

« J'accompagne ma fille. »

Osvaldo jette le coton à la poubelle, déroule la manche de sa chemise et en boutonne le poignet. Il y a un moment de flottement, nous hésitons entre nous saluer ou bavarder encore un peu.

« Et Doralice, ça fait longtemps qu'elle n'est pas revenue ? » je demande.

Il incline lentement la tête sur le côté, puis la redresse.

« Deux ans et demi. Mais j'ai entendu dire que les vols sont en train de reprendre », et il indique le ciel de l'autre côté de la baie vitrée.

Doralice, sa fille. Je l'ai peu revue depuis l'époque, depuis son départ dont elle n'informa personne. Je sais qu'elle rentre rarement et que, quand elle est ici, elle reste avec ses parents à la campagne. Un éboulement a rétréci la route qui monte à la ferme, maintenant seul le vieux triporteur d'Osvaldo passe encore.

Nous avons vécu notre jeunesse ensemble, Doralice et moi. À l'âge d'Amanda, nous nous voyions presque tous les jours. Nous ne serions peut-être pas devenues si proches si nos parents ne l'avaient pas été autant. Osvaldo et mon père, surtout.

Quand le camping était plein, le soir elle travaillait au cabanon. Au début, sa mère la houspillait tout le temps : « C'est vraiment moi qui t'ai mise au monde, Doralì ? » Les mains poisseuses, Doralice prenait quatre ou cinq verres à la fois, plongeant ses doigts dedans. C'était un endroit à la bonne franquette, mais certains clients se plaignaient des empreintes grasses. Elle se déplaçait vivement entre les tables, pour y déposer pichets de vin et plateaux fumants. J'aimais l'aider, il y avait beaucoup de gens de passage, là-haut. Moi, j'étais soigneuse, mais lente. « À l'allure où tu vas, ils vont crever de faim », me disait Doralice.

Pour nous deux, le mois d'août était le plus excitant de l'année. Nous rencontrions des garçons venus d'ailleurs, qui disparaîtraient au bout de quelques jours. Après minuit, l'esplanade se vidait et elle et moi nous retrouvions derrière le cabanon avec des bières. À l'intérieur, sa mère finissait de ranger puis faisait la caisse.

Je me souviens d'un soir, Doralice imitait cet homme venu de Dieu sait où. « Mademoiselle, est-ce que vous avez des épinards au beurre en accompagnement ? » Il ne nous avait pas laissé un centime de pourboire. Assises sur les cageots vides, nous riions de bon cœur. Sa manière de renverser la tête en arrière. C'est une des dernières fois que nous avons ri comme ça. Notre jeunesse était sur le point de se terminer et nous l'ignorions. Le hululement lugubre de la chouette ne nous a pas alarmées.

Elle ne veut pas se montrer au village, disaient les gens à son sujet, après le drame. Maintenant, plus personne ne mentionne son nom. Tout le monde a oublié Doralice et son histoire. Les jeunes de l'âge d'Amanda ne l'ont pas connue. Nos parents ne nous ont pas aidées à rester soudées.

« L'important, c'est qu'elle soit bien là où elle est », se console Osvaldo. Il soupire, puis il ajoute : « Je passerai chez ton père, un de ces jours. Il m'a téléphoné. »

Amanda est à jeun, je lui propose de prendre un petit déjeuner au café à côté de l'hôpital. Nous nous asseyons en terrasse.

Rubina dit qu'avec son visage ombrageux, elle ressemble vraiment aux mannequins d'aujourd'hui. Moi, dans la lumière crue du matin, elle m'apparaît plutôt comme une créature vulnérable, tout juste sortie du royaume des ombres. Elle sirote son cappuccino, mâche les morceaux qu'elle détache de son croissant comme s'ils avaient un goût amer.

Stationné le long du trottoir d'en face, je reconnais le triporteur d'Osvaldo, le même qu'à l'époque, un peu plus délavé. Les taches de boue de l'éboulement sur la carrosserie. Il n'est pas encore reparti, allez savoir où il est.

Des autres tables parviennent des bribes de conversations, le tintement joyeux des cuillères. Un seul regard de moi suffit à l'agacer. Je bois mon café. Je rends silence pour silence.

8

Le chef de chœur n'a eu besoin d'écrire qu'une question pour relancer le groupe : *C'est reparti ?* Le tchat s'est animé sur-le-champ, tout le monde demandait quand, où, envoyait des smileys. Plus d'un an a passé depuis la dernière fois, nous pouvons à présent nous permettre une répétition en plein air. Certains ont proposé le lac, d'autres la place, finalement c'est une colline avec vue panoramique à quelques kilomètres du village qui l'a emporté.

Rubina se gare derrière les autres voitures, les partitions sous le bras nous rejoignons les silhouettes qui se déplacent autour du chêne monumental. En les regardant, mon cœur accélère sans crier gare.

Sur la route, elle et moi nous sommes mises à chanter, nous voulions voir si nous avions encore de la voix. Des « chansonnettes », comme dit Milo, pas notre répertoire. À un stop, l'homme arrêté devant nous nous a regardées dans le rétroviseur central, nous entrions par sa vitre ouverte. Rubina riait, elle aime bien jouer les Thelma et Louise quand nous sommes en voiture. Ces derniers mois, aucun couplet ne m'est sorti de la bouche, alors que des vocalises s'élevaient parfois de son appartement, quelques refrains. Mon diaphragme était contracté, mon souffle court.

Samira est la première à nous voir, elle vient à notre rencontre. Une seconde d'hésitation et je la serre dans mes bras, je retrouve son parfum. Elle porte une robe blanche, les parties en dentelle laissent voir sa peau mate, elle ressemble à une mariée. C'est la seule du groupe qui habite à Pescara, elle a demandé dans un message l'itinéraire jusqu'ici. Les autres gardent leurs distances, ils nous saluent en agitant la main. Ils forment un large cercle, Milo est au centre. Je ne savais pas qu'ils m'avaient autant manqué. Pour le moment, nous gardons notre masque.

« Bienvenue », et le chef de chœur esquisse une courbette.

Ses yeux et le lobe de son oreille brillent. Il pivote sur lui-même, nous sommes un peu plus de la moitié.

« Je comprends les absents, ils ne sont pas encore sereins », dit-il.

Il regrette qu'il n'y ait pas au moins un ténor, mais nous voulons reprendre quand même. En plein air, ce sera plus difficile, nous prévient-il, les voix s'éparpillent, elles sonnent différemment. Nous nous disposons en deux rangées, pas aussi près les uns des autres qu'avant. Milo s'approche de Rubina, lui parle à voix basse. Elle, si prudente, baisse son masque pour lui répondre.

J'ancre bien mes pieds au sol, je détends ma mâchoire. Pendant les vocalises d'échauffement, je me sens un peu ridicule sans la protection des murs. Mi-o-o-o-o. Le gazouillis des oiseaux me distrait, ils jasent perchés au-dessus de nos têtes sur les branches séculaires. Mi-o-o-o-o. Un bruit de pas précipités sur les cailloux nous interrompt, nous accueillons Pierluigi avec des applaudissements. Il porte encore ses chaussures de sécurité et le tee-shirt avec le logo de son entreprise. Maintenant, nous avons un ténor.

« On retente *Ederlezi* ? » demande Samira.

Elle y tient, c'est une chanson dans sa langue, le romani. Selon Milo, c'est prématuré, nous devons d'abord reprendre les morceaux que nous avons davantage travaillés.

« Mais on reviendra sur *Ederlezi* la semaine prochaine », promet-il.

Parmi les chefs de chœur qui se sont succédé au fil des ans, c'est le plus ouvert. Quand j'étais jeune, celui que nous avions me paraissait un vieillard, nous ne chantions que des morceaux en dialecte ou alors l'*Ave Maria* devant ses yeux voilés. Les répétitions se déroulaient dans une salle nue du syndicat d'initiative, l'hiver il faisait déjà nuit quand elles finissaient. Sur la place, je trouvais le bus pour rentrer à la maison, portières grandes ouvertes, tout noir à l'intérieur. C'étaient mes seuls voyages, à bord de cet autocar tout cabossé. Je montais, à cette heure il n'y avait presque personne, parfois des formes recroquevillées sur les sièges du fond.

Doralice rêvait de parcourir le monde, elle se moquait de moi qui me contentais de ces dix kilomètres, toujours les mêmes.

Je venais de la campagne, la chorale m'a liée au village. Elle porte son nom depuis toujours, elle en est la fierté. Lors d'un Noël d'il y a bien longtemps, nous avons même chanté au Vatican.

« Essayons *O magnum mysterium* », dit le chef de chœur.

Je suis flottante, dans ce nouveau début. Nous raccourcissons immédiatement le mètre de distance que nous nous sommes imposé, Milo n'y prête pas attention. Je crains le souffle des autres. L'haleine désagréable d'une basse derrière moi m'alarme, elle signifie que nous sommes trop proches.

Tout à l'heure, Rubina n'avait pas peur, elle a enlevé son masque à côté de Milo. Je ne l'ai jamais vue aussi complice avec un homme. Beaucoup d'années ont passé depuis la mort de son mari, Giulio était encore petit.

Et je me vois, seule. La proximité me manque, l'intimité des petites choses du quotidien. S'asseoir à table l'un en face de l'autre, se trouver du regard. C'est cela l'amour que je n'ai plus. Il s'est transformé en nostalgie.

La main en coupe sur l'oreille, je cherche le retour de ma voix. Hors de nos corps, l'espace est devenu trop vaste pour être percé par un chant. Et pourtant, le chêne frissonne, ou alors c'est moi qui l'imagine.

Rubina est à ma droite, absorbée, dans le sein de la Vierge. Sans lâcher le chef de chœur des yeux, elle se tourne de mon côté, me touche le bras, m'encourage d'un léger mouvement de la tête. L'air puissant qu'elle expire ne me fait pas peur. Elle a commencé à l'âge adulte, mais sans elle la chorale n'aurait plus de sens.

Je déplace ma main sur ma gorge, mes cordes vocales vibrent, maintenant. J'entre moi aussi dans le mystère. Je n'ai jamais rien connu de plus similaire à un sentiment religieux. Le morceau que nous connaissons par cœur sonne différemment dans le monde bouleversé.

Le temps passe vite, il fait presque nuit. Chacun remise son instrument dans son corps. Samira se couvre d'un châle rouge dans la fraîcheur du soir. Les lampes des téléphones s'allument, personne n'a envie de partir. Une bouteille fait son apparition, le bouchon saute et disparaît. Nous osons trinquer.

Nous buvons du vin pétillant et croyons en ce moment de bonheur. J'ai oublié Amanda, mon père.

9

Il nous attend en bas de l'appartement, en pantalon cargo, assis sur une marche. Il a téléphoné à sa petite-fille et elle lui a répondu. Je ne sais pas exactement ce qu'ils se sont dit au sujet du terrain en montagne, mais cela a éveillé la curiosité d'Amanda. À table, elle m'a demandé pourquoi l'endroit s'appelle Dente del Lupo, « Dent du loup ». Elle veut peut-être se faire pardonner son absence à la messe.

Son grand-père lui lance les clés et s'assied côté passager. Elle a un moment d'hésitation, puis se met au volant. Nous partons, trois générations en direction de la vieille propriété familiale.

« Passe en seconde, ici, lui conseille-t-il. Il y a un virage en épingle à cheveux. »

Le paysage a changé depuis la dernière fois, les floraisons varient à mesure que l'on monte en altitude. Amanda éternue avec tout ce pollen, bien qu'elle ne soit pas vraiment allergique. Les valeurs de son sang sont parfaites, y compris le taux de fer, même s'il est à la limite. Je m'attendais à un astérisque et j'ai presque été déçue. Je n'ai pas encore trouvé ce qu'a ma fille.

Mon père lui fait signe de se garer au niveau de la source. Nous marchons dans l'herbe, lui devant. La bouche contre l'embout du tuyau, il boit de longues gorgées glacées.

« L'eau de montagne, ça régénère », et il invite Amanda de la main.

Il me disait la même chose, quand nous conduisions les moutons ici. J'étais petite, mais je savais les mener avec ma baguette en cerisier. Je les surveillais pendant qu'il s'éloignait, son fusil à l'épaule, suivi d'Osvaldo. C'est mon père qui lui a appris à tirer, à rester immobile malgré le recul. Je restais dans ce pré pendant qu'ils rôdaient en silence dans les bois.

Ensuite, j'entendais leurs coups de feu au loin. Parfois, je m'endormais contre la baignoire où les bêtes s'abreuvaient. Mon père revenait avec des perdrix accrochées à sa ceinture, leurs têtes pendaient sur sa cuisse. Je le haïssais à cause des oiseaux morts, du sang qui tachait son pantalon, de ma peur quand je me réveillais seule. Ce n'était peut-être pas vraiment de la haine, à huit ans.

Il voulait un garçon, et c'est moi qui suis née. Ma tante est sortie de la chambre et lui a dit : « Ne te fous pas en rogne. » Bien plus tard, il a espéré un petit-fils, un garçon à mettre sur le tracteur. Ensemble, ils auraient labouré après le battage, compressé des quantités de foin dans des meules. Mon père a été déçu deux fois. Son nom de famille s'éteindra avec lui, dans le coin.

L'été, je n'envoyais pas ma fille chez ses grands-parents. Je l'imaginais en plein soleil dans le potager, pendant qu'il attachait les plants de tomates aux tuteurs. Je l'emmenais au centre de sensibilisation à l'environnement, qui organisait des promenades le long de la rivière, des goûters équilibrés. Le soir, Amanda me racontait qu'elle avait traversé le pont tibétain et fait cuire du pain. Je l'ai gardée à l'abri d'eux.

Mon père regarde la montagne, puis sa petite-fille.

« Le Dente del Lupo est là-haut », lui dit-il.

Il nous attendra ici, il ira voir si le troupeau en train de paître au fond du plateau est celui d'Achille. Amanda s'engage sur le vieux sentier des bergers. Elle me précède, souple et légère, au bout d'un moment elle enlève son sweat et le noue autour de sa taille.

Nous nous enfonçons dans la hêtraie, au début il fait presque noir, presque froid. Un arbre au sol, une motte de terre et de cailloux collée à ses racines apparentes.

Arrivée à la bifurcation du sentier, elle m'attend. Je prends à droite. De l'autre côté ça va où, demande Amanda. Je ne sais pas, je réponds. Un court tronçon et nous sortons de la forêt. Nous poursuivons dans la chaleur sèche. La montée est plus raide, la tache de sueur s'élargit dans son dos. Je halète, battements rapides de mon cœur, efforts de mes muscles déshabitués. Jeune, je marchais tout le temps, par nécessité. Mes jambes étaient maigres, mais quelle force.

Ce matin, j'ai sous-estimé celle d'Amanda, je suis son souffle paisible. Je ne veux pas me faire d'illusions sur elle. Demain, elle retournera s'enfermer dans sa chambre, je le sais.

Le Dente del Lupo nous surplombe, à présent. Cet éperon rocheux qui donne son nom à la forêt et au terrain de notre famille. Un dernier effort et nous nous arrêtons à son pied. Allez savoir quel séisme primordial l'a expulsé du centre de la Terre, si blanc. On le voit de partout dans la vallée, c'est Doralice qui me l'a fait remarquer. Plus ou moins un an après le drame, elle avait trouvé du travail dans une brasserie à Quattro Strade. Nous ne nous étions pas revues depuis. Hey, lui ai-je dit. Elle a répondu par le même mot, c'était notre façon de nous saluer. Elle finissait d'enlever les chaises retournées sur les tables. À la question de savoir comment elle allait, elle est restée muette. Nous sommes sorties dans les derniers rayons du soleil. Je lui ai demandé si elle était contente de son travail. De toute façon, ce n'est pas pour longtemps, a-t-elle répondu. Elle était incapable de rester où que ce soit à l'époque, je l'ai compris après.

« Où que j'aille, je la vois toujours. Tu la vois, toi ? »

Elle m'a indiqué la montagne, cette dent blanche que de loin je n'arrivais pas à distinguer.

« Moi, je la vois briller même la nuit. »

J'aurais voulu m'excuser de toutes mes défaillances, mais je n'avais pas les mots.

Les larmes me montaient aux yeux, je les retenais. Elle s'est appuyée à un muret, elle regardait le paysage, fébrile.

« Qu'est-ce qu'ils sont verts, ces prés. Mais dessous, c'est plein d'asticots, la terre est pourrie. »

On l'a appelée à l'intérieur, et ce jour-là nous nous sommes quittées comme ça, sur les asticots.

« C'est vrai, il a la forme d'une canine », dit Amanda.

Perchées à deux mille mètres d'altitude, nous regardons la vallée, la ville sur la côte et la mer. Les jours les plus clairs, on voit les îles croates.

« Qu'est-ce qu'il y a, là ? et elle indique la zone en contrebas où la forêt laisse place à des toits et au rectangle grisâtre de l'ancienne piscine.

– Autrefois, il y avait un camping. Sur la propriété de ton grand-père. »

Elle veut aller le voir, après. Assise dans l'herbe, elle croque son sandwich avec un appétit retrouvé. Je lui montre le tapis de chénopodes bon-Henri à nos pieds. Ils sont comestibles, ce sont des épinards sauvages.

« Pourquoi tu n'aimes pas monter ici ? demande-t-elle.

– Qui t'a dit que je n'aimais pas ça ? »

Mon père, évidemment. Soit il ne prononce pas un mot, soit il parle à tort et à travers. Maintenant que j'ai annulé le rendez-vous chez le notaire, il se sert d'elle pour passer ses messages.

« Il se sent vieillir, il s'inquiète pour l'avenir de ses terres, dis-je.

– Elles te reviendront. Il n'a pas d'autre enfant. »

Elles seront un poids pour moi, pensé-je à voix haute. J'aurais dû partir d'ici, j'aurais dû partir quand j'étais jeune.

Amanda finit son sandwich, roule la serviette en boule et la met dans sa poche.

« Tu te plains tout le temps, mais c'est toi qui as choisi de rester. Personne ne t'a forcée. »

Elle boit à la gourde qu'elle a remplie à la source.

« Tu n'as pas réussi à te détacher d'ici, conclut-elle. À aucun moment. »

Je voudrais lui rétorquer qu'il est compliqué de se détacher, y compris pour elle. Elle est revenue au rien qu'elle voulait quitter. Je regarde l'eau et le ciel se toucher à l'horizon. Et les villages, juchés sur les collines. Non, ce n'est pas rien.

Il est presque midi et il doit être fatigué, en bas, il a dû longuement bavarder avec Achille, si c'est bien lui le berger de ce troupeau.

Dans la descente, nous coupons en longeant le névé, ce mois de mai tiède le grignote, le fait fondre goutte à goutte. Il disparaîtra bientôt, raconte-t-on.

Amanda veut voir l'ancien camping. Il est juste derrière

le tournant, je ne peux pas me dérober. Ni abréger ces heures où elle me parle.

« Je n'ai pas la clé du cadenas », dis-je devant le portail.

Elle longe la clôture, se tourne et me voit immobile. J'obéis à son geste d'impatience.

« Il appartenait à papi ? demande-t-elle.

– Seulement le terrain. Le camping appartenait à Osvaldo. »

Elle trouve un piquet en fer plié, le grillage courbé. En une seconde, elle le franchit, moi pas.

« Il est tard, il nous attend », je lui rappelle.

Ma résistance cède devant sa main tendue. Elle déambule dans ces lieux à l'abandon, touche les bris de verre d'une fenêtre de la pointe de son pied. Elle découvre les inscriptions à la peinture rouge délavée par les années à l'arrière des sanitaires. D'un côté : TUEZ-LE, et de l'autre, sur deux lignes : VIRGINIA ET TANIA VIVANTES POUR TOUJOURS.

« C'est quoi, ces phrases ?

– Ça s'est passé il y a très longtemps, tu n'étais pas encore née. Un crime.

– Où ça ? me presse-t-elle.

– Dans la forêt. À Pietra Rotonda, au bout du sentier qu'on n'a pas pris. »

Elle reste un moment silencieuse. Elle regarde de nouveau les inscriptions, puis se tourne vers moi.

« C'était qui, Virginia et Tania ? Tu les connaissais ?

– À peine.

– Et papi était là ?

– Non, mais il y avait Osvaldo. »

Son grand-père en a perdu le sommeil pendant des années, je lui raconte. Certaines nuits, les coups de feu dont il rêve le réveillent encore.

10

Rubina a laissé la porte entrouverte pour moi. Elle m'a envoyé un message, tout à l'heure, je pose les olives qu'elle a demandées sur le plan de travail. Le filet de morue est déjà découpé en morceaux, elle les roule dans la farine. Selon elle, certains plats, si tu les prépares pour une seule personne, tu les rates. J'apporte ce qui mûrit dans le potager de mon père. Aujourd'hui encore, je lui ai pris une salade. Elle fait rissoler les oignons dans un poêlon en terre cuite, puis les réserve.

« Amanda ? demande-t-elle.

– On a un invité. »

Elle me regarde tout en continuant de faire frire et de mettre de côté les ingrédients les uns après les autres.

« Pourquoi ça ne te fait pas plaisir ?

– Je ne sais pas, c'est la première fois que je le vois, mais je ne le sens pas. »

Quand je suis rentrée, je les ai trouvés en train de parler à la fenêtre. Ils fumaient accoudés au rebord, ils ne m'ont pas entendue à cause du bruit de la tondeuse sur la pelouse. J'ai reculé et les ai écoutés. Amanda l'a appelé Costa. Va savoir d'où il vient, où il va, avec ce sac bien rempli. Il lui a donné quelques numéros d'*Internazionale*.

Il lui demandait quand seraient ses partiels. Quels partiels, je ne suis même plus les cours, lui a répondu ma fille.

Rubina arrête de tourner la cuillère en bois dans la purée de tomates.

« Tu ne le savais pas ? »

Je la croyais connectée en distanciel, moi. C'était seulement un mensonge pour m'éloigner de sa chambre.

« Qu'est-ce qu'ils ont dit d'autre ? »

Elle ouvre une bouteille de vin.

Je me suis enfuie comme une voleuse, j'avais dérobé leurs confidences. Dans l'escalier, j'ai manqué de percuter la voisine du second qui sortait et je ne me suis même pas excusée. Dehors, l'odeur d'herbe tondue et ma voiture devant le garage. Je suis partie en faisant crisser les pneus, comme si elle aussi je la volais.

« Où es-tu allée ? demande Rubina en me tendant un verre.

– Chez mon père. »

Je me suis garée à côté de la Brava. À certains moments, chez moi c'est encore là-bas. Il était agenouillé dans le potager, quand il a trop mal au dos il travaille comme ça. D'une main aussi délicate que possible, il buttait des plants de tomates achetés à la jardinerie. Pendant un instant, j'ai désiré recevoir les mêmes soins, quelque chose de semblable à une consolation.

« Qu'est-ce qui t'arrive ? a-t-il demandé.

– Elle a arrêté ses études », ai-je répondu tout bas, m'adressant plus à moi-même qu'à lui.

Il a compris tout seul que je parlais d'Amanda.

« Ta fille a besoin que tu lui passes un savon, a-t-il rétorqué, tu es trop coulante. Et l'autre, là, tu parles d'un père. »

Il s'est levé péniblement, une main sur le dos, à l'endroit le plus douloureux. Il s'est plaint de l'accroc à son pantalon. Il ne met pas les genouillères que je lui ai achetées, si les voisins le voyaient il aurait honte, ce n'est pas un sportif, enfin. Moi c'est d'autre chose que j'ai honte, et je le dis à Rubina qui m'écoute en sirotant son verre.

« Aujourd'hui, j'ai écouté la conversation d'Amanda, l'autre jour j'ai regardé son téléphone.

– Ça ne me paraît pas si grave. Si ta fille ne te parle pas, tu es presque obligée. »

Ce n'est pas que ça. À mon âge, je me précipite encore chez mon père en quête de réconfort. Qu'est-ce qu'il y comprend, à sa petite-fille, lui ?

« Ils sont où, ces deux-là, maintenant ? » demande Rubina.

Ils ont dû sortir, je ne les ai pas revus. Mais le sac du jeune est resté là où il était, sur le canapé.

« Tout à l'heure, tu leur rapporteras de la morue, j'en ai fait en quantité. »

Nous mettons le couvert sur une petite table dans le jardin de la copropriété. Elle en prend soin comme si c'était le sien. Les cactus se préparent pour leur floraison explosive, courte et poignante.

La soirée est tiède, lourde de parfums. Les lumières de mon appartement sont éteintes.

« Pardon, je n'ai fait que parler d'elle. Comment va ton fils ? » je demande.

Rubina finit de mâcher, avale sa bouchée.

« Bien, à ce qu'il dit. Il travaille tout le temps. »

Il l'appelle tous les dimanches à la même heure, parfois son entreprise essaie de le joindre et il doit raccrocher. Il adore la morue, s'il était attablé avec nous il se resservirait.

« C'est sûr qu'à Londres il ne doit pas en trouver préparée comme ça.

– Ils disent qu'à Londres on trouve tout, mais je n'y crois pas. »

« Ils », ce sont son fils et sa femme anglaise. Rubina les voyait une semaine à Noël et une semaine l'été, du temps où l'on pouvait voyager librement. Elle réfléchit à quand remonte la dernière fois, une touche de tristesse dans la voix. Ils viendront en juillet.

« Ils feront seulement étape chez moi, ensuite ils partiront vers leur vraie destination de vacances, dans le

Salento. C'est normal, ici, au bout d'un moment, ils s'ennuient. »

Elle, surtout. Elle est gentille, et même affectueuse, mais rien ne l'intéresse vraiment, ici. Au fond, Giulio non plus ne sait pas quoi faire de ses journées. Les quelques amis qu'il a gardés dans le coin sont presque devenus des étrangers. Il les croise dans la rue principale, il tapote la joue de leurs enfants. Ils n'ont plus rien à se raconter.

« Et puis c'est compliqué : il parle anglais avec sa femme, italien avec moi, et il passe son temps à traduire.

– Tu as arrêté tes cours du jeudi ?

– J'essaie de m'y tenir, mais à soixante ans, il y a peu de chances que j'apprenne. J'ai du mal avec l'anglais. »

Je lui dis qu'elle devrait aller à Londres plus souvent. Elle avoue ne s'y être rendue que deux fois. Dans l'avion déjà, elle se sentait analphabète, elle ne comprenait pas les hôtesses. Elle a visité les principaux monuments et musées, elle a écouté la chorale de l'abbaye de Westminster.

« La ville me fatigue plus que les sentiers de montagne. C'est une fatigue différente, vide. »

Elle ajoute quelque chose que je n'entends pas, distraite par l'obscurité à mon étage.

« Je suis peut-être en train de perdre ma fille », pensé-je à haute voix.

Rubina réfléchit, me ressert un peu de vin.

« Les enfants, il y a plein de façons de les perdre. C'est inévitable, dit-elle.

– Mais ma fille va mal et je ne sais toujours pas ce qu'elle a, ni comment l'aider.

– C'est après que tu la perdras pour de bon, quand elle aura la force de partir. »

Elle fait pivoter le pied de son verre entre ses doigts, dans un sens puis dans l'autre.

« Combien de jours de ma vie je passerai encore avec mon fils ? Giulio s'est acheté un appartement à Londres. »

Je la regarde d'un air surpris, elle ne m'avait rien dit à ce sujet.

11

C'était une soirée apparemment banale du mois d'août de mes vingt ans. Je traînais à la maison, irritée par la chaleur. Ma mère a répondu au téléphone, son visage a instantanément changé d'expression. « C'est Osvaldo », a-t-elle dit à mon père en lui passant le combiné. Je me suis approchée, quelque chose s'était passé. Je ne discernais pas les mots, mais j'entendais la nervosité de la voix.

« Tu es sûr qu'elle n'est nulle part ? » a-t-il demandé.

Ensuite, il a seulement prononcé des monosyllabes, « oui » et « non ». Il écoutait, attentif.

« D'accord, je l'amène », a-t-il dit pour finir en me regardant.

Il a raccroché et soupiré.

« Mets tes chaussures et prends un pull. On doit monter au Dente del Lupo. »

Il a demandé à ma mère de lui chercher la lampe torche. Elle ne voulait pas que j'y aille avec lui, mais elle n'a pas protesté. Nous l'entendions trafiquer dans l'autre pièce. Il en est ressorti avec sa cartouchière dans une main et son fusil dans l'autre, il ne l'avait même pas enfilé dans son fourreau.

Il a dévalé l'escalier, suivi par ma mère et moi.

« N'entre pas dans la forêt avec eux, reste avec Nunziatina », m'a-t-elle recommandé à voix basse.

Elle était la seule à appeler la Shérif par son vrai prénom. La femme d'Osvaldo, la mère de Doralice, laquelle était introuvable depuis l'après-midi.

Mon père a posé le fusil et la lampe torche sur la plage arrière de la Ritmo que nous avions à l'époque, il a jeté la cartouchière sur la banquette arrière. Il a démarré sur les chapeaux de roues comme à son habitude et a commencé à me questionner.

« Tu sais où elle est allée ta copine, toi ? »

Non, je ne le savais pas. Derrière nous, le fusil de chasse bringuebalait à chaque nid-de-poule, la lampe torche roulait de gauche à droite dans les virages. Et lui, entêté : « Hier, tu n'as pas dit que vous deviez sortir ensemble, aujourd'hui ? »

Si, mais ensuite nous avions changé d'avis. Enfin, moi j'avais changé d'avis. J'étais descendue à la mer en bus, des filles avec qui je suivais mes études de kiné m'attendaient à Pescara. Je n'avais pas proposé à Doralice de venir, elles ne se connaissaient même pas.

« Et elle, elle a fait quoi ? »

J'imaginais qu'elle était restée aider ses parents au camping.

Ses questions m'énervaient, de même que l'arme qui tressautait dans les ornières, la lampe qui roulait.

Je n'étais jamais montée à la montagne avec lui le soir. Il était presque neuf heures. Sur les tronçons arborés, les branches s'abaissaient vers nous comme pour nous broyer, nous leur échappions juste à temps.

Il s'est arrêté pour laisser traverser quelques vaches, un veau ensommeillé se frottait contre le mufle de sa mère. Elles auraient dû être en train de dormir, à cette heure, quelque chose les avait probablement dérangées, le vent, peut-être.

« Pourquoi tu as pris ton fusil ? »

Il a grincé des dents, produisant ce bruit qui faisait frissonner.

« Des fois, c'est mieux de l'avoir à portée de main.

– Quand ? Qu'est-ce qu'Osvaldo t'a dit ? »

Rien de précis, juste que personne n'avait vu sa fille. À la tombée de la nuit, ils s'étaient inquiétés.

« Il est déchargé, au moins ? » lui ai-je demandé en faisant un geste vers l'arrière.

Il a hoché la tête.

Mon père s'est garé à côté du cabanon de la Shérif, devant les autres voitures. Il a passé son fusil à l'épaule et sa cartouchière autour de sa taille, comme s'il partait à une battue.

Elle était assise seule à une table de l'esplanade tout éclairée, comme une cliente s'attardant après avoir mangé ses brochettes. Collées à son front moite, quelques mèches échappées de son chignon, elle avait le visage plongé dans ses mains. Elle s'est animée quand je me suis approchée. Elle m'a posé presque les mêmes questions que mon père, à quelques variantes près.

« Il y a un garçon dans tout ça ?

– Je ne crois pas », lui ai-je répondu.

Puis une idée, soudaine. Elle était peut-être allée avec quelqu'un à la fête du *coatto*, le ragoût de mouton local.

« Non, elle l'aurait dit, et puis elle se serait changée. Sa jupe et son chemisier préférés sont là-bas », et la Shérif a indiqué l'accueil du camping.

Elle s'est repliée dans son attente, je ne lui avais pas été utile. Je ne l'avais jamais vue aussi fragile. Elle continuait de se tenir la tête pour s'empêcher de s'effondrer sur la table en bois.

« S'il ne lui est rien arrivé, c'est moi qui vais la massacrer », a-t-elle dit, mais elle s'adressait surtout à elle-même.

Autour d'Osvaldo, le groupe de chasseurs, équipés comme mon père, se répartissaient les zones à fouiller. Moi, je ne crois pas qu'elle soit dans la forêt, déclarait l'Acciarino, qu'est-ce qu'elle aurait été y faire ? Elle a peut-être accompagné des touristes qui ont planté la tente ici et ils se sont perdus, avança un moustachu. Est-ce que tout le monde était rentré au camping ? Osvaldo ne le savait pas, fin août il n'y avait presque plus personne, et les rares touristes encore présents allaient aux fêtes de village, le soir. Dans tous les cas, il fallait passer la hêtraie au peigne fin, il se pouvait qu'elle soit partie se promener et soit tombée. Mais était-il bien utile de prendre tous ces fusils ? Oui, à cause des bêtes, sangliers et loups, qui rôdaient en quête de nourriture. Certains pensaient peut-être au pire, mais personne ne l'a dit tout haut. D'autres voix étaient seulement des murmures.

Ils se sont éloignés par deux, dans différentes directions. Ma mère m'avait dit de rester avec Nunziatina, mais la Shérif n'avait aucune intention de se tourner les pouces alors que sa fille avait disparu. Elle s'est fait prêter un fusil et est partie elle aussi. Elle n'avait pas le port d'arme, mais elle savait tirer.

« Va dans la voiture et dors. » Mon père m'a tendu la clé.

Je me suis attardée sur l'esplanade. Le grand-père de Doralice somnolait sur une chaise. Il était rentré de la guerre à pied, en 1945. Je regardais son visage âgé, buriné par le soleil, creusé par les rides. Si Doralice revenait, elle nous trouverait, lui et moi, en train de l'attendre.

Les voix et les pas des chasseurs se sont dispersés, les bruissements, le craquement des branches, le bond du prédateur sur l'animal plus petit, les cris isolés des oiseaux nocturnes nous parvenaient. J'entendais tout. Tout était effrayant. J'imaginais Doralice qui percevait chaque bruit amplifié, les cris tout proches, qui sentait les souffles presque sur elle. Elle aussi devait avoir peur et bien davantage que moi, perdue dans le noir, avec peut-être une cheville tordue dans une dépression de la forêt. C'était ma faute, je lui avais préféré les filles de la mer. Elle m'avait proposé une dernière randonnée avant l'arrivée du mauvais temps. Elle y était allée seule.

Je suis montée dans la Ritmo, à la lueur pâle de la lune. De l'orée de la forêt, une chouette effraie a volé vers moi, ses larges ailes spectrales déployées. Elle paraissait vouloir imprimer sa blancheur sur le pare-brise, mais au dernier moment elle s'est élevée. Sur l'arête sombre de la montagne, des points lumineux erraient à la recherche de Doralice. C'étaient les torches des chasseurs et de la Shérif. Par la vitre entrouverte, j'entendais leurs appels : « Doralì, Doralì. »

12

La fillette vient vers moi et je recule tout doucement sur le tapis en caoutchouc bleu. Elle s'efforce de poser les pieds sur les empreintes jaunes malgré sa marche spastique. Je l'encourage de la voix, des mains, du regard. Encore quelques pas et elle aura fini le parcours. La sonnette la surprend, elle sursaute et manque de perdre l'équilibre. Je la soutiens légèrement par un bras, jusqu'à la dernière empreinte. Maintenant, elle peut s'asseoir et se reposer, je vais ouvrir la porte.

Le livreur a un colis pour ma fille. Il est passé chez moi, mais il n'y avait personne. Il vient de Pescara, il a commencé sa tournée tôt ce matin. Il ne sait pas qu'Amanda et son invité dorment encore, ils sont rentrés tard. J'ai été agacée de le trouver sur le canapé-lit quand je me suis levée, je ne suis plus habituée à la présence d'un homme. Le drap avait glissé, son boxer imprimé d'une Vespa était gonflé par une érection matinale.

Par chance, le livreur s'est rappelé que je travaillais au cabinet. Je jette un coup d'œil à l'expéditeur, Zalando, avec le slogan : «Love me. Wear me». Je remets ses chaussettes et ses chaussures à la fillette, sa mère est déjà dans l'escalier. Je la rassure : son tonus musculaire s'améliore. À la semaine prochaine, une caresse sur ses cheveux retenus par un serre-tête doré.

Amanda n'a jamais rien reçu depuis son retour. Je soulève le carton et il manque de m'échapper, je l'imaginais plus lourd. Je l'incline d'un côté puis de l'autre, à l'intérieur un bruissement qui se déplace. Quand je le retourne, quelque chose de dur, peut-être en métal, cogne contre l'emballage. Ce n'est pas un de ses joggings, mais un tissu fin, peut-être du coton ou de la viscose. L'étiquette ne m'est d'aucun secours : colis 1, numéro de commande, code-barres. J'imagine une robe avec une ceinture, dont la boucle tape contre le carton.

À la fin du lycée, Amanda sortait avec des tenues minimalistes au dos très décolleté. Elle allait à tous les anniversaires, y compris de gens plus âgés qu'elle.

Je ne m'y opposais pas. Ma fille ne donnait pas de motifs d'inquiétude. Elle ne fumait pas, ne rentrait pas soûle, aucun piercing ni tatouage tape-à-l'œil n'apparaissaient sur son corps. Les autres mères me racontaient les excès de leurs enfants, leurs redoublements. Je les écoutais avec une sensation de détachement. J'avais de la chance, avec Amanda.

Parfois, le samedi, je la déposais devant une boîte de nuit sur la côte. Elle ne voulait pas que je m'arrête trop près de l'entrée. C'était son père qui allait la chercher, tard dans la nuit.

Après son bac, nous sommes parties une semaine ensemble. Elle a choisi Barcelone. Elle a adoré se promener dans le parc Güell, elle touchait les mosaïques colorées, admirait la salamandre de Gaudì avec un émerveillement enfantin. Pour la première fois, mon mari n'était pas venu en vacances avec nous.

J'agite le paquet en me demandant à quelle occasion Amanda pourra étrenner la robe que je devine. Elle n'est pas sortie depuis le jour de notre excursion en montagne. Elle porte des pyjamas ou des joggings, un tee-shirt avec le logo du bar quand elle va travailler. Ils ne font plus appel à elle que le week-end, à présent. Comme elle sert les clients sans jamais les regarder dans les yeux, ils préfèrent la mettre à la plonge. C'est ce que m'a rapporté Rubina, qui connaît les propriétaires. Moi, je n'y passe jamais, à ce bar.

Milan m'a rendu une fille éteinte. Le colis que je retourne dans mes mains pourrait contenir un espoir. Quelqu'un a dû se souvenir d'elle, ici, et l'inviter à une fête. Amanda a répondu, a décidé d'y aller, elle portera la robe qu'elle a commandée sur Zalando. Elle exhumera ses sandales préférées de sa vie d'avant, celles avec le serpent sur le dos du pied. Ce sera un nouveau début. On est en juin, l'été infini commence. Avec le temps, elle retrouvera l'envie de faire des études, peut-être plus près d'ici.

J'essaie de décoller le scotch. Je m'interromps, si j'ouvre le paquet, Amanda va s'en apercevoir. Je le pose sur mon bureau, je la vois en filigrane en train de danser comme quand elle avait dix-huit ans. C'était hier, mais tout a changé.

À moins qu'elle ne regrette déjà son achat. Elle jettera la robe sur la chaise de sa chambre, sans même l'essayer. Si elle est noire, je pourrai la porter, moi, pour le premier spectacle de la chorale. Ce sera en plein air, au bord de la mer, on a bien voulu prêter l'auditorium Flaiano à Milo.

Je l'ai trop laissée seule à la ville. Elle est revenue métamorphosée. Je la croyais absorbée par ses nouvelles amitiés, elles n'existaient que dans mon imagination.

Après son départ, je remplissais mes journées de patients. Je recherchais l'épuisement dans le travail. À la maison, la moitié froide du lit conjugal venait s'additionner à la chambre vide d'Amanda. Tous deux, père et fille, s'en étaient allés à peu de mois d'intervalle. Mon mari, notre fille. En novembre, j'ai éteint le radiateur et fermé la porte de la chambre dans laquelle elle avait grandi. J'ai affronté l'hiver.

Il faut qu'elle fasse sa vie, me disais-je, c'était ce qui me retenait de monter dans un train. Minée par une faiblesse intérieure, je me cantonnais aux gestes du quotidien, sans m'aventurer au-delà. Je ne voulais pas qu'elle me voie dans cet état. J'ai domestiqué la peur qu'au début j'avais pour elle. Un lieu qu'elle avait tant désiré ne pouvait pas lui faire de mal.

Avant de lui arracher son sac, ils lui ont assené une grosse gifle sur l'oreille. Elle ne les a même pas vus, à cet endroit la rue n'était pas éclairée. Ils sont arrivés sans bruit derrière elle, il lui a semblé qu'ils étaient trois, grands et maigres. Elle avait la tête qui tournait et un sifflement très aigu l'étourdissait. Elle s'est adossée à un SUV garé le long du trottoir et s'est laissée glisser par terre. Plus tard, m'appelant avec un numéro inconnu, elle a été incapable de me dire combien de temps elle avait passé à pleurer, assise dans la poussière. Du sang coulait de son lobe blessé par sa boucle d'oreille.

Elle ne savait pas si quelqu'un l'avait vue, en tout cas il était sûr que personne ne l'avait aidée. L'agression a eu lieu un soir, au cours des sept minutes qu'elle mettait pour rentrer à pied de la station de métro.

La colocataire qui lui a ouvert l'a écoutée un moment, debout sur le seuil. Elle n'a pas remarqué le sang sur son oreille, sur le col de sa veste. Elle lui a prêté son téléphone pour qu'elle m'appelle et s'est excusée, elle avait un partiel le lendemain.

« Elle ne m'a même pas proposé un verre d'eau », m'a dit Amanda.

Je l'ai consolée comme je pouvais, de loin. Cette fois-là, j'ai vraiment eu tort de ne pas prendre un train. Voulant respecter sa liberté, je lui ai manqué quand elle avait besoin de moi. Certaines frontières sont trop subtiles pour la mère indécise que je suis. Mais les parents les plus solides savent-ils toujours quel est le choix le plus juste ?

« Ne t'inquiète pas, ça va aller », et je l'ai crue.

Il me reste le doute qu'elle ne m'ait pas tout raconté de ce soir-là. Au fond, il ne s'était rien passé de grave, pensais-je alors. On lui avait seulement volé sa carte bancaire et son téléphone. La blessure était superficielle, elle se refermerait rapidement. Je ne voyais pas les dégâts plus profonds, la confiance dans le monde qu'on lui avait arrachée en même temps que son sac.

Elle a vite oublié cet épisode, du moins en apparence. Elle n'a plus jamais voulu en parler, ni avec moi, ni avec son père. Depuis, elle sursaute par réflexe aux contacts inattendus. La nuit, elle dort la lumière allumée et, quand l'aube entre par la fenêtre, elle éteint et plonge dans un sommeil plus profond. L'inutile canif qu'elle a parfois dans sa poche m'émeut.

13

L'été de mon mariage, Doralice est rentrée quelques semaines du Canada. Je l'ai appris tard, j'avais expédié les faire-part depuis longtemps. Mes autres amies seraient toutes là. La date de la célébration était proche quand je lui ai envoyé l'invitation, à l'adresse de ses parents. Merci de confirmer votre venue, était-il écrit. Aucun signe de sa part, pas même un coup de téléphone pour me féliciter. Elle était peut-être déjà repartie, j'aurais sans doute dû l'appeler ou, mieux encore, l'inviter de vive voix. J'étais si occupée, ces jours-là.

Nous nous sommes croisées devant chez le coiffeur, j'avais testé la coiffure et je sortais avec mon chignon. Doralice portait des sacs du supermarché. Nous nous sommes arrêtées sous le soleil. Alors comme ça, tu te maries, m'a-t-elle dit, son accent légèrement altéré par l'anglais. Oui, on avait décidé ça au printemps, Dario et moi.

« À vingt-huit ans, il était temps, non ? »

J'ai immédiatement regretté mes mots. Elle avait le

même âge, et aucun projet de famille, ou alors elle ne s'en ouvrait pas. Elle avait l'air seule. Mais au fond, qu'est-ce que je savais de sa vie de l'autre côté de l'océan, à part qu'elle habitait à Toronto ? Je n'arrivais pas à l'imaginer entre les gratte-ciel au bord du lac, pendant les six mois d'hiver. Quelle personne Doralice était-elle devenue ?

Pour l'heure, elle transpirait dans son jean mal coupé et son tee-shirt en synthétique. J'avais chaud moi aussi, j'ai effleuré son bras pour qu'on aille se mettre à l'ombre d'une corniche. Elle a posé ses courses sur le trottoir, j'ai vu ce qu'elle avait acheté pour sa mère : des produits ménagers, des pâtes.

« Tu viendras ? » lui ai-je demandé.

Elle m'a jeté un regard furtif, puis s'est penchée pour déplacer un sac. Elle n'avait pas apporté de tenue élégante, m'a-t-elle répondu en se redressant. « Et j'ai mon avion le lendemain, je dois préparer mes affaires », a-t-elle ajouté.

J'ai soupiré, je ne saurais dire si c'était de déception ou de soulagement. Une mèche s'est échappée sur ma nuque.

« Pour la tenue, ne t'inquiète pas, l'ambiance sera décontractée, l'ai-je rassurée. Tu peux venir au dernier moment, si tu changes d'avis. »

Elle allait y réfléchir, mais ça allait être compliqué. Pour le restaurant, ce n'était pas la peine de la compter. « Je ne te retiens pas plus, tu dois avoir plein de choses à faire. »

Elle m'a saluée avec un sourire forcé. Elle a repris ses sacs et s'est éloignée sous le soleil, sans se retourner. Elle avait oublié de m'adresser ses vœux.

Les jours suivants, je n'ai pas repensé à elle. Je suis allée dîner avec Dario pour goûter les plats du déjeuner de noces et les vins. Je riais, grisée et heureuse. Nous avons choisi le prénom de notre premier enfant. Amanda, si c'était une fille. Elle est née ce soir-là, dans nos projections.

Le maire n'a eu besoin que de dix minutes pour nous unir. Il a lu les devoirs et les droits des époux et nous a montré où signer.

« C'est un mariage, ça ? » a demandé mon père au père de Dario, sans grande discrétion.

Doralice n'est pas venue, les amies que nous avions été n'existaient plus. La joie de cette journée-là en a à peine été altérée.

Au restaurant, ma mère m'a passé une enveloppe blanche, Osvaldo l'avait déposée à la maison la veille au soir. Demain, tu la donneras à Lucia, lui avait-il dit. J'ai lorgné à l'intérieur : un billet de cent et un petit mot de la part de toute la famille. Aucun doute que Nunziatina avait demandé à Doralice de s'appliquer. De la sorte, j'ai aussi reçu ses vœux, ronds et réguliers.

L'agrandissement d'une photo prise ce jour-là est affiché sur le mur derrière le téléviseur, chez mon père. Au milieu, nous, les mariés, sur les côtés, mes parents endimanchés. Ma mère s'était fait une raison de tout ce qui manquait : la traîne, l'église décorée par le fleuriste, les mots du curé qui lui auraient tiré les larmes. Mon père, un peu raide, le col à fronces de ma robe contrastant avec son costume bleu marine.

Allez savoir à quel point ça le dérange d'avoir toujours Dario sous le nez. S'il ne décroche pas cette photographie, c'est seulement par dévouement envers ma mère, qui l'a mise sous verre et l'a suspendue là. Je la regarde chaque fois que je vais chez lui. Sur ce mur, je suis encore mariée. Pour toute la vie, j'en ai la certitude au moment où je serre le bouquet. Je souris à l'avenir, flou et radieux.

Je peine à comprendre où le fil s'est rompu entre Dario et moi, vingt ans après. Dans l'habitude, les silences, nos corps de plus en plus éloignés dans le lit. À chacune de mes questions, je réponds par une autre, un enchaînement auquel je ne mets pas fin.

De cette mariée, j'ai épuisé le courage, les rêves. Je n'ai plus son âge, je n'ai pas sa force. Certains matins, je renoncerais volontiers à me lever, comme Amanda. Je voudrais sombrer dans un sommeil libre, sans responsabilités, pendant un jour, une semaine ou plus. N'être au service que de moi-même, oublier tous les autres. Mon père me demande de l'accompagner sur son dernier bout de chemin, il insiste pour que je reprenne ce terrain. Ma fille, je dois lui redonner le monde. Chacun me tire de son côté, au gré de son besoin. Ils m'écartèlent.

14

Osvaldo m'attend au niveau de l'éboulement qui barre la route de chez lui. Il m'invite à me garer dans un espace plus large où, tout à l'heure, je retrouverai ma voiture à l'ombre des acacias. La coulée de terre descendue de la colline a séché et s'est lézardée, elle est envahie d'herbes. Ça fait des années qu'elle est là, les travaux coûteraient trop cher à la mairie.

«Ce n'est pas intéressant pour eux, on est les deux derniers vieux qui habitent ici», commente Osvaldo.

Il s'excuse de son triporteur, couvert d'une épaisse couche de poussière. L'habitacle est exigu mais propre, il sent l'Arbre magique au pin. Il m'emmène sur ses terres. Je reconnais le paysage, les meules de foin en équilibre sur les chaumes.

La dernière fois que je suis venue ici, c'était cette année-là, pour Doralice, nous étions encore des jeunes filles.

«J'aurais pu te dire ça au téléphone, mais j'ai pensé

que la Shérif serait contente de te voir après tout ce temps», explique Osvaldo.

Il a toujours appelé sa femme comme ça, «Nunziatina» est réservé aux occasions plus sérieuses. C'est elle qui a eu l'idée du cabanon et du camping, à une époque où le Dente del Lupo n'était qu'un pâturage pour les bergers qui habitaient plus bas. Comme Osvaldo et mon père. Cependant, l'été, des touristes commençaient à venir, ils demandaient où ils pouvaient manger des *arrosticini* et du fromage de brebis. Et s'ils pouvaient planter leur tente dans les prés.

«Cet hiver, elle a fait une mauvaise chute», m'informe Osvaldo.

La Shérif ne veut plus aller au marché du jeudi. Elle ne fait plus son pain dans le four en brique, c'est lui qui l'achète au village.

Nunziatina est dans la cour, elle crie «ouste, ouste!» en remuant les bras, les poulets partent dans toutes les directions. Elle n'a pas entendu le triporteur, elle se rend compte de notre présence après que nous en sommes descendus. J'approche et nous avons un moment d'embarras, nous ne savons pas comment nous saluer. Puis elle s'essuie les mains sur son tablier et prend une des miennes, qu'elle serre longuement. Ce geste me communique une chaleur intense, le souvenir de sa force. Elle me montre une poule blanche restée à la traîne, hébétée, la tête et le cou déplumés.

«On l'a offerte à Osvaldo l'autre jour, c'est une bonne pondeuse. Mais les autres sont jalouses, elles lui donnent des coups de bec.»

Parfois, les poules sont cruelles.

Une rumeur circulait sur mon père et la Shérif, quand j'étais enfant. On les avait vus s'enfoncer dans la forêt, elle d'abord, lui peu après, comme un chien qui flaire l'odeur de la femelle. Ma mère chassait les racontars d'un geste de la main et d'un rire un peu nerveux. J'étais là quand une voisine les lui avait rapportés, tout en savonnant le linge au lavoir. Le principal concerné n'était pas nommé, mais je comprenais de qui il s'agissait.

Ma mère préférait ne pas être au courant de ses écarts, de toute façon elle ne pouvait pas le quitter. Où seraitelle allée, avec moi encore petite ? Elle ne possédait rien, sinon une modeste dot. Ses parents n'auraient pas voulu de nous. Et puis ce n'était pas vrai, les gens médisaient par jalousie. Ils formaient un beau couple.

J'ignore la vérité sur mon père, moi aussi. Une fois, j'ai entendu dire qu'il allait aux putes sur le littoral, quand il passait à Pescara. J'écoutais déjà les conversations en cachette à l'époque, mais celles des adultes.

Je sais qu'il a aimé ma mère jusqu'au dernier jour, à sa manière fruste. Jusqu'à sa dernière heure, il lui a essuyé la bouche avec un mouchoir en batiste qu'il lavait le soir à la main. Moi, je me dérobais, tout ce qui sort de la bouche me dégoûte. Les mots plus que la salive, parfois.

Pourtant, je n'arrivais pas à détester la Shérif, elle était affectueuse avec moi. Elle m'a vue grandir avec sa fille. Dans la cour qui n'a pas changé, je regrette de ne jamais être venue lui rendre visite après le départ de Doralice. Maintenant, elle est vieille, et moi je suis entre deux âges. Nous n'aurons pas le temps de rattraper les occasions manquées.

Elle m'invite à entrer dans la cuisine au rez-de-chaussée. Nous nous asseyons à table, Osvaldo ouvre une bière et boit à la régalade.

« Vas-y mollo, tu es sous traitement », le met-elle en garde.

Elle est un peu bouffie, ses capillaires ressortent sur ses joues. Elle me propose de son vin de noix.

« Je suis fatiguée, je n'ai plus envie de rien faire. Et puis, qui va me les manger, ces provisions ? » et elle indique le garde-manger. « J'espère que ma fille reviendra, cet été », murmure-t-elle.

Pendant un moment, on n'entend plus que les lanières du rideau de la porte, agitées par la brise. La poule est entrée, elle se couche par terre, comme un chat.

Osvaldo la chasse, s'attable avec une autre bière. Il doit arroser le potager. Il s'inquiète de la sécheresse, des fruits qui cuisent au soleil avant de mûrir. Les patates ne tiennent plus jusqu'à la nouvelle récolte. La Shérif l'interrompt.

« Inutile de se plaindre. C'est pareil partout, chez son père aussi. »

Et voilà, je m'y attendais. Dès qu'on le mentionne, il occupe toute la pièce. Osvaldo soupire.

« Ton père veut que je m'adresse à toi pour tout ce qui concerne le Dente del Lupo, maintenant.

– Pourquoi ? C'est toujours lui qui a décidé de tout.

– Il dit qu'il est malade, qu'il va bientôt mourir.

– Qu'est-ce que tu voulais me dire sur le Dente del Lupo ? »

Osvaldo tergiverse, il commence par me parler d'un homme qui fait paître ses vaches dans le coin. La semaine dernière, il a perdu un veau déjà grand, presque un bouvillon. L'homme l'a cherché pendant trois jours, puis il a suivi l'odeur de charogne. Il est entré dans l'ancien camping, à l'endroit où le grillage est défoncé. Le veau aussi avait dû passer par là, peut-être poursuivi par un loup. Il gisait au fond de la piscine vide, les pattes cassées, l'œil sec encore affolé. Osvaldo voit que je suis touchée, il me ressert du vin de noix en ignorant mes protestations. Quant à lui, il finit sa bière.

« Pour un éleveur, un veau c'est une grosse perte, fait-il en réprimant un rot. Il est allé se plaindre à la mairie et aux Eaux et Forêts. »

Osvaldo devra le dédommager, sinon l'homme traînera mon père et lui en justice.

« J'ai construit dessus, mais le terrain lui appartient.

– Vous appartient », le corrige la Shérif en me regardant droit dans les yeux.

Le camping ne peut pas rester à l'abandon, il est

dangereux. Et si c'était quelqu'un qui était tombé dans la piscine ?

« Maintenant, c'est toi la propriétaire. Il faut qu'on décide ce qu'on en fait, du Dente del Lupo. »

15

C'est comme ça que je l'ai récupéré. Ce sont le veau mort et l'amende d'Osvaldo qui m'ont convaincue, plus que l'insistance de mon père. Il n'est toujours pas capable de comprendre qu'il n'obtient rien de moi par la contrainte.

Hier, j'ai fixé un nouveau rendez-vous chez le notaire, nous sortons de son étude. De toute évidence, ils s'étaient parlé, maître Ruzzi avait déjà préparé notre petit dossier, de peur que je change d'avis. Ils vont chasser ensemble depuis toujours, bien qu'ils soient extrêmement différents.

« Il n'a pas voulu que je le paie, à part les frais de dossier, se réjouit mon père en descendant l'escalier. Mais la dernière fois, il a eu un lièvre magnifique, grâce à moi.

– Il l'a tué ?

– Évidemment, c'est le but. »

Dans la rue, il regarde autour de lui.

« Puisqu'on est à Pescara, on pourrait aller boire un coup », propose-t-il.

Il veut fêter l'acte. Maintenant, le Dente del Lupo m'appartient, il m'a fait la donation. Il a suffi de quelques signatures, sous le regard attentif du notaire. Mon père a eu un peu de mal, après chacune d'entre elles il revenait en arrière pour mettre les points sur les *i* et les barres aux *t*.

«Comme ça, tu n'auras pas à payer les frais de succession, plus tard», a-t-il conclu, et Ruzzi a acquiescé.

Au fond, il n'a pas été difficile de mettre ces parcelles à mon nom. Les endroits ne sont pas coupables. En quoi le Dente del Lupo serait-il responsable des coups de feu de l'époque, du sang qui a coulé dans le sous-bois? Une des filles a été retrouvée avec un mouchoir sur sa plaie, mais elle n'avait pas eu la force de le presser. Désormais, il n'y a plus aucune molécule de ce sang dans la terre, à la racine des plantes. Presque trente ans ont passé. Tout s'est évaporé, transformé, décomposé. La nature oublie, elle aussi. Elle repousse sur les tragédies et les désastres.

«À la succession», dit mon père en entrechoquant sa tasse contre mon verre.

Il a commandé un grog brûlant, malgré cette chaleur. La serveuse a mis un peu de temps à le préparer, qui pourrait bien commander ça à Pescara, l'été?

Aujourd'hui, j'ai reçu son héritage, un fardeau anticipé. Un bout de montagne m'appartient. Je me répète cela en silence, en face de lui qui recrache sa fumée. J'ai fini par tomber dans le piège. Son ombre s'étire, fond sur moi, chaude et tyrannique. Elle sera encore là, plus tard.

« C'est quand même mieux la forêt qu'un appartement en ville », a-t-il dit en indiquant le Dente del Lupo depuis sa terrasse, quand je suis passée le chercher.

Je vais devoir protéger la terre et les plantes, les bêtes et les gens de passage. Comment ? Je ne sais pas encore. Je verrai ça avec Osvaldo, mais lui aussi est âgé, il a vieilli avant l'heure. C'est Doralice, la seule avec qui je devrais en parler.

LES FILLES

1

Ce soir-là, après le coup de fil d'Osvaldo, mon père a foncé sur la route. Il décélérait juste avant les tournants, accélérait autant que possible sur les courtes lignes droites. Il ouvrait la vitre, la refermait à cause de l'air déjà froid. Soudain, il m'a regardée, le visage congestionné.

« Vous allez nous faire crever, avec vos coups de folie. »

Il broyait le volant de la Ritmo, les articulations blanches, et secouait la tête. Quel était le rapport avec moi ? Je n'avais même pas vu Doralice, ce jour-là. Peut-être, mais elle et moi, on était les mêmes, toujours prêtes à tenter l'aventure sans réfléchir aux conséquences. Elle était encore allée se fourrer on ne sait où, et il faisait déjà nuit noire.

« De nuit, la montagne est dangereuse, quand tu ne la connais pas bien. Tu ne vois pas les gorges, les dépressions, si tu tombes dedans, c'est impossible de te retrouver. »

Par endroits, la forêt se clairsemait, dans leur course les nuages masquaient brièvement la lune. Le vent devait souffler fort, là-haut. J'ai arrêté de lui répondre. On entendait seulement son fusil qui bringuebalait à l'arrière et la torche qui roulait.

Il m'en voulait toujours de ma dernière frasque avec Doralice. Nous avions pris le vieux Motom de son oncle et avions fait une sortie de route, à côté du lac de pêche. J'avais encore des égratignures sur les bras à cause des ronces. Nous voulions juste profiter de notre jeunesse.

Dors dans la voiture, m'a dit mon père avant de partir avec les autres à la recherche de Doralice. Depuis le siège passager, j'observais son grand-père dans le faisceau lumineux du cabanon, si immobile sur sa chaise que par moments je doutais qu'il soit encore vivant. J'étais seule. Je savais déjà que je ne dormirais pas. S'il m'arrivait quelque chose, il ne s'en apercevrait pas, sourd et les yeux fermés. J'avais honte de cette pensée, en sécurité dans la Ritmo alors que mon amie avait disparu.

Elle rentrait peut-être seulement un peu tard d'une fête et, quand elle redescendrait de la montagne, la Shérif la giflerait devant tout le monde. Puis je me suis souvenue des enlèvements en Sardaigne et en Calabre, des personnes séquestrées dans des repaires en pleine forêt. Mais Osvaldo et mon père n'avaient pas du tout les moyens de payer une rançon.

Un craquement derrière la voiture, suivi d'un bruit sourd. J'ai attendu le souffle coupé, un marteau hors de contrôle dans la poitrine. Certains bergers juraient que des ours étaient revenus sur notre versant, au moins deux adultes. Ou peut-être un seul, vu à différents endroits. Je n'entendais plus rien. Je devais me calmer. C'étaient les rafales de vent dans la hêtraie, qui cassaient les branches. C'était cette lune nerveuse, qui se couvrait et se découvrait de nuages.

Je tremblais de froid. Mon père m'avait parlé d'une vieille veste à lui dans le coffre. J'ai longtemps résisté avant de me décider. Le vent a secoué la portière quand je l'ai poussée, autour, des mouvements, des bruissements dans la nuit. J'ai ouvert le coffre en une seconde, ai attrapé une manche et suis remontée à l'avant. Je me suis couverte du cou aux jambes, la veste sentait le mouton et la terre. Dans une poche, un couteau de mon père, je l'ai serré dans mon poing et j'ai dû m'endormir.

Ce sont les phares en approche qui m'ont réveillée. La lune s'était un peu déplacée, à présent embrochée sur la cime du Dente del Lupo. La voiture s'est arrêtée de l'autre côté de la route. Un homme et une femme se sont dirigés vers le camping, leurs enfants endormis, jambes ballantes, dans les bras. Ils ne m'ont pas vue. C'est alors que j'ai remarqué la Renault 4 rouge devant laquelle ils s'étaient garés.

Plus tard, j'ai entendu les coups de feu, deux claquements secs répétés par l'écho. Un sursaut, et la veste a glissé à mes pieds. Ils étaient loin, de l'autre côté du col.

C'était peut-être mon père qui avait tiré. Au moins, il se passait quelque chose, je saurais bientôt pour Doralice.

Du temps s'est encore écoulé, une petite lumière s'est mise à bouger le long de la crête. Par intervalles, je la perdais, puis elle réapparaissait plus bas, un peu plus proche. D'autres se sont ajoutées, là où la hêtraie devenait moins dense. Elles descendaient vers le cabanon. Je les ai attendus sur l'esplanade, le vent était tombé. Le grand-père, squelettique sur sa chaise, comme pétrifié.

La Shérif a été la première à sortir de la forêt, elle a jeté sa torche encore allumée par terre.

« On ne l'a pas trouvée », a-t-elle dit.

Sa voix était éraillée, comme si elle n'avait pas arrêté de crier pendant ces heures. Elle ne m'a rien demandé, elle a compris qu'ici il n'y avait rien de nouveau. Les autres sont arrivés à leur tour, deux par deux. Les coups de feu étaient un signal convenu pour descendre de la montagne.

Ils ont posé les fusils sur une table et se sont réunis, debout. Mon père s'est assuré d'un regard que j'étais entière.

« Osvà, il faut que tu ailles signaler sa disparition aux carabiniers », a-t-il dit en le prenant par le bras.

La Shérif a poussé un gémissement, elle s'est assise devant tous ces fusils. C'est elle qui a répondu qu'il avait raison, il fallait le faire. D'un mouvement de la tête, elle a attiré l'attention de son mari, qui fixait le vide. Elle lui a indiqué la route.

« Vas-y, moi j'attends ici.

– On t'accompagne », a proposé mon père.

Nous sommes montés en silence dans la voiture, moi à l'arrière. Il a fait demi-tour, la boîte de vitesses a craqué quand il a passé la marche arrière. Les phares ont éclairé la plaque de la Renault : MO 250645, et Osvaldo a eu un soupçon. « Arrête-toi une seconde », lui a-t-il demandé. Il a laissé la portière ouverte et s'est précipité vers le camping. Mon père s'est tourné pour me regarder, comme si je savais pourquoi.

Osvaldo est revenu immédiatement, les mains sur les tempes.

« Les petites jeunes de Modène ne sont pas là non plus. Leur tente est vide. »

2

Je les entendais échanger quelques phrases isolées, sans entrain. Nous descendions virage après virage, j'avais des moments de somnolence. Mon père a salué d'un appel de phares un berger conduisant un triporteur, les bidons de lait chargés à l'arrière.

« C'est Ciarango qui monte à sa cabane », a-t-il dit.

Le village était désert, Osvaldo a sonné et la porte de la caserne des carabiniers s'est ouverte au bout de quelques instants. J'ai appuyé ma tête contre la vitre de la voiture, dans l'attente.

« Passe devant. »

Je ne supportais pas mon père quand il employait ce ton autoritaire, mais à cet instant je n'avais pas d'autre choix que de lui obéir.

« Tu dois me dire la vérité. Même si elle n'est pas jolie jolie, il ne t'arrivera rien.

– Qu'est-ce que vous me voulez, la Shérif et toi, à la fin ? Je ne sais pas où elle est allée, Doralice. »

Ce n'était pas concevable pour lui. Nous étions amies,

nous passions des heures au téléphone. Il me parlait tout près, l'haleine empuantie par la nuit.

« Je ne suis pas son garde du corps. Laissez-moi tranquille. »

Il est resté silencieux pendant quelques minutes.

« Elle a filé avec quelqu'un ?

– Non. Je ne sais pas. »

Il a pris mon menton entre ses doigts rugueux, il m'a forcée à tourner la tête vers lui.

« Regarde-moi dans les yeux quand tu me réponds. Attention, je le vois quand tu mens. »

J'ai repoussé sa main, il s'est radouci. Je pouvais le dire, après tout il n'y avait rien de mal. Ma tante s'était enfuie avec son petit ami et après ils s'étaient mariés. Même si j'étais petite à l'époque, je me souvenais que mon père était sorti avec son fusil pour les tuer tous les deux. J'avais eu peur pour eux, ce soir-là, et pour lui qui allait devenir un assassin.

« Les temps ont changé, ai-je rétorqué. Les couples n'ont plus besoin de s'enfuir.

– Et les petites jeunes du Nord ? Elle ne pourrait pas être partie avec elles ? »

Il l'avait vue, la Renault 4 au bord de la route, non ? Comment voulait-il qu'elles soient parties ? À pied ?

« Comment savoir, avec vous autres ? Tu crois que je ne l'ai pas su, quand vous avez fait du stop, Doralice et toi ?

– Eh oui ! ça nous arrive de bouger, on ne passe pas tout notre temps à la maison à faire de la broderie. »

À cet instant précis, Osvaldo est réapparu sur le seuil de la caserne, le regard sombre. Il s'est approché de la Ritmo, je suis descendue pour lui laisser la place, soulagée. Mais c'est du côté de mon père qu'il s'est arrêté, pour lui dire que les carabiniers voulaient me poser des questions.

Alors, nous nous sommes assis tous les trois en face de l'adjudant aux cheveux poivre et sel, moi au milieu. Il m'a observée quelques secondes avant de commencer.

« Mademoiselle, vous pouvez nous aider à retrouver votre amie. »

Il m'a proposé de l'eau, j'ai refusé. Il avait une voix chaude et profonde, l'accent de je ne sais quel Sud. Sur son bureau, une photo de groupe encadrée, peut-être sa famille. Les larmes que je retenais depuis le soir ont coulé d'un coup. Passant au tutoiement, il m'a rassurée : il ne fallait pas que je m'inquiète, ce n'était pas un interrogatoire. Il voulait juste des renseignements. Mais moi je pleurais pour Doralice : c'est là que je l'ai perdue, en face de cet uniforme noir et rouge, sous ce néon papillotant. Mon père a trouvé un mouchoir sale et froissé dans sa poche, j'ai préféré essuyer mon visage avec mes mains. Je me suis ressaisie.

« Doralice t'a dit ce qu'elle prévoyait de faire, hier ? »

Mes pleurs m'avaient affaiblie. Elle était restée au camping, croyais-je. J'ai passé sous silence le fait que je ne l'avais pas invitée à la mer. Avec mes amies de Pescara, j'aurais eu honte de sa façon de parler, de son fort accent montagnard, des mots en dialecte qui lui échappaient parfois. Et de ses gestes désordonnés dans l'eau, typiques des gens qui font semblant de savoir nager.

Un carabinier plus jeune, aux rouflaquettes bien dessinées, est arrivé. Il est resté écouter, debout.

Les mêmes questions sur le petit ami, Doralice n'en avait pas, mais parfois elle voyait un garçon. L'été, il travaillait à Riccione, et il n'était au courant de rien, la Shérif lui avait téléphoné.

« Mais est-ce qu'il lui arrivait de voir quelqu'un là-haut, au cabanon ?

– Pas que je sache. » Je transpirais devant les deux carabiniers, entre mon père et Osvaldo.

« Et ces filles de Modène ? Tu les connais ? » a poursuivi l'adjudant.

Pas bien, nous étions sorties ensemble une fois.

« Seules ? a demandé l'autre.

– Non, en bande. »

Osvaldo a dit qu'il les avait vues le matin, au camping. Sa fille n'était pas avec elles.

« Elles étaient en short et en chaussures de randonnée, mais je ne sais pas si elles prévoyaient d'aller en montagne. »

Le deuxième carabinier est intervenu : « Ah, ces touristes ! Elles se baladent jambes nues et après on s'étonne qu'elles aient des ennuis.

– Qu'est-ce que tu racontes ? Garde-les pour toi, tes commentaires, l'a rabroué l'adjudant.

– Et si ma fille ne revient pas ? a demandé Osvaldo en se tordant les mains.

– Attendons quelques heures, elle est peut-être sortie sur un coup de tête. »

Il semblait en avoir fini avec moi. Mais non, il a recommencé à me dévisager, il ne me croyait pas.

« Et l'homme qui livre les boissons au cabanon, tu le connais ? »

Non, ai-je menti. Je savais juste qu'il venait d'un autre village.

« Doralice le connaissait, elle. »

Ce n'était pas une question. Je me suis tournée vers Osvaldo, mais il regardait dans la direction opposée.

« Elle oui, forcément, ai-je répondu.

– Et d'où venait-il, l'homme des boissons ?

– D'Isola. »

3

Ensuite, je suis allée aux toilettes, et j'ai de nouveau pleuré. Sur la glace, des éclaboussures séchées et, au-dessus, mon visage, transformé. Une nuit de fin d'été me projetait tout à coup dans l'âge adulte. Il n'y avait pas de repère, de l'autre côté, il n'y avait pas Doralice. Je la sentais plus morte à chaque minute. Et moi, je franchissais une étape que jamais je n'oublierais.

À un certain moment, la vie accélère. Tout ce qui suit reste associé à une image, un son de cet instant. On y revient toujours. Je pourrais dire cela à Amanda, si je trouvais les mots. Elle m'a encore questionnée sur ces filles.

Il n'y avait pas de papier, le savon était un copeau jaunâtre. Le bruit défectueux de la ventilation. Je me suis essuyée avec le devant de mon tee-shirt âcre de sueur.

Les carabiniers se préparaient, l'adjudant Capasso était au téléphone. Mon père et Osvaldo, déjà dehors, parlaient à côté de la voiture. Un regard de travers quand je me suis approchée.

« Mais elle est sortie avec ce type ? Il a au moins dix ans de plus que vous.

– On est majeures, Osvaldo, on sort avec qui on veut. »

Mon père a envoyé un coup de poing dans la vitre de la Ritmo.

« Je vais te massacrer devant la caserne », m'a-t-il menacée entre ses dents.

Peu après, les deux carabiniers ont sonné à la porte d'un pavillon dans un lotissement, dans un quartier récent d'Isola. Une femme ensommeillée leur a ouvert, elle s'est inquiétée. Son mari dormait, il était revenu tard de sa tournée de livraison.

Ils sont entrés sans demander la permission. Ils l'ont appelé par son nom et son prénom, lui ont demandé sans préambule où il était la veille. Encore somnolent, il ne comprenait rien. Il s'est assis dans son lit et a commencé à énumérer ses déplacements, mais les carabiniers se sont impatientés. Le Dente del Lupo, il y était allé, oui ou non ? Livrer la bière au cabanon, comme d'habitude. La Shérif avait signé le bon. Et après ? Après, il avait continué sa tournée. La fille de la dame, il l'avait vue ? Est-ce que par hasard elle était montée avec lui dans le fourgon ?

Sa femme avait enfilé une robe de chambre légère par-dessus son pyjama d'été, elle le regardait en se mordant la lèvre, appuyée contre le chambranle de la porte. Elle l'écoutait jurer qu'il n'y avait rien entre lui et la fille disparue. Un des carabiniers s'est fait donner la clé de son fourgon garé devant et y a jeté un coup d'œil. Il a déplacé quelques caisses de Coca.

Le lendemain matin au marché d'Isola, on parlait déjà de ce type qui, tout juste marié, couchait avec la fille de la Shérif. Ils se planquaient dans la forêt et il l'emmenait même chez lui quand sa femme était au travail. À travers ces racontars, la version que je connaissais de la bouche de Doralice, un coup vite fait sur le siège du Ducato, prenait les proportions d'une aventure qui durait depuis des mois. Quelqu'un les avait peut-être vus à l'arrière du cabanon, où il empilait les caisses pleines et récupérait les bouteilles vides pour la consigne. Ou alors c'était peut-être lui qui s'en était vanté au bar du village : il avait couché avec une fille de vingt ans.

Un soir il y a quelque temps, il m'a semblé le reconnaître sur le front de mer, à Pescara. Une chevelure désormais toute blanche sur son corps d'alors, à peine un peu plus sec. Il m'a regardée quelques instants, puis il a poursuivi son chemin.

Cette nuit-là, je suis retournée au Dente del Lupo avec Osvaldo et mon père. La Renault 4 n'avait pas bougé. La Shérif était au camping, dans une pièce faisant office de bureau. Elle ne lâchait pas le téléphone des yeux, de temps à autre elle décrochait le combiné pour s'assurer qu'il fonctionnait. J'ai pensé appeler ma mère, sans aucun doute réveillée et soucieuse. Je voulais lui dire que j'allais bien et qu'on ne trouvait pas Doralice. Ce n'était peut-être pas très malin, devant la Shérif. Et puis celle-ci ne me laisserait pas occuper la ligne une seule minute. Son mari lui a demandé si elle avait les papiers des filles de Modène.

« Pourquoi ?

– Les carabiniers en ont besoin. D'ici quelques heures, il faudra prévenir leur famille, si elles ne reviennent pas. »

Elle l'a fixé, cherchant un sens à ces mots. Elle s'est mise à fouiller dans un tiroir, d'abord avec des gestes furieux, puis fatigués. Elle a trouvé une carte d'identité, la lui a donnée.

« Il y a celle-là, l'autre n'avait que son permis et elle l'a gardé sur elle.

– Regarde, toi, tu as une meilleure vue », et Osvaldo me l'a tendue.

Je l'ai dépliée, le sourire à peine esquissé de Tania Vignati, taille 1 m 68, résidant à Bomporto (Modène). Elles l'avaient raconté quand on était sorties ensemble, quelques soirs auparavant : elles préféraient se faire passer pour des filles de Modène, personne ne connaissait leur village. Je te dis pas le nôtre ! avait répondu Doralice en riant au-dessus de son Campari. Sur la photo d'identité, des yeux vifs dans un visage nature, pas maquillé, alors que ce soir-là au bar elles portaient le même rouge à lèvres et avaient les cils lourds de mascara, sa sœur et elle.

« Oui, c'est la plus jeune, celle qui a vingt ans », et j'ai rendu la carte d'identité à Osvaldo.

La Shérif l'a à peine regardée. Dans un cadre accroché derrière elle, Notre-Dame des Sept Douleurs, un glaive dans le cœur pour chacune d'entre elles.

Je suis sortie, en quête d'air. La piscine du camping, un rectangle noir là-bas au fond, à l'abri de la lumière. Au moment où elle avait été creusée, les gens montaient exprès pour la voir, une vraie piscine dans le coin. Quelques pas de plus et je suis arrivée aux premiers emplacements, vides. Parfois, fin août, c'était déjà l'automne, là-haut. Osvaldo enlevait l'herbe et les cailloux pour qu'ils ne gênent pas les campeurs dans leur sommeil. Mais il laissait les marguerites et la molène fleurir librement autour. Ici, l'endroit où Doralice et moi avions monté une tente, gamines. Je ne me rappelle pas qui nous l'avait prêtée, en tout cas c'était l'été où ses parents avaient ouvert le camping. Nous jouions aux touristes mais nous n'étions pas équipées, et une seule nuit à dormir sous de vieilles couvertures nous avait suffi. Le matin, nous avions été réveillées par les moutons qui broutaient juste à côté, le grillage n'était pas encore prêt.

Il n'avait pas été possible de clôturer du côté de la forêt, ni à l'époque ni par la suite. Les deux sœurs avaient planté leur tente là, au pied d'un hêtre. Osvaldo le leur avait déconseillé, à cause des bêtes sauvages. Mais elles n'en avaient pas peur, et même, elles les cherchaient.

Je distinguais à peine leur canadienne, l'obscurité était presque totale à cet endroit. Je me suis approchée, j'ai doucement remonté la fermeture Éclair. J'ai palpé quelque chose d'aussi souple qu'un corps, mais privé de chaleur. Puis, toujours au toucher, j'ai trouvé la torche et je l'ai allumée. C'était seulement un sac à dos bien rempli à côté d'un autre, plein lui aussi. Les duvets, vides, un gros livre sur l'un d'eux. Je me suis souvenue de ce qu'elles avaient dit ce soir-là au bar : leurs vacances étaient presque finies, elles partiraient le samedi matin. Je découvrais qu'elles s'étaient déjà préparées. Et le samedi commençait tout juste.

4

Il l'a trouvée vers deux heures du matin, à quelques pas de Pietra Rotonda. Il y avait quelque chose d'étrange, entre la lumière et la pénombre. Il a orienté sa frontale dessus : des jambes égratignées, couvertes de terre. Il l'a éclairée en entier. La tête était tournée de l'autre côté, vers la falaise. Hé, tu m'entends ? a-t-il demandé. Il s'est penché et a posé ses doigts sur son cou. Pas de pouls, la peau froide, rigide. Il a fait le tour pour mieux voir le visage, il l'a reconnu. Il est resté à côté d'elle un moment, quelques secondes ou quelques minutes. Il n'a pas su le dire au procès.

Cette nuit-là, c'est moi qui ai vu par la fenêtre la lumière courir dans notre direction. Il était passé par les gorges de l'Inferno, pour couper. Quelqu'un arrive, ai-je signalé.

L'adjudant Capasso avait transformé le bureau de la Shérif en une sorte de quartier général. Il suivait par radio les recherches du Secours alpin. De temps à autre, il la regardait, prononçait des phrases de réconfort inutiles.

Je me souviens du garçon du club alpin italien sur le seuil, hors d'haleine. La sueur coulait de ses cheveux tirant sur le roux. Derrière lui, Osvaldo avait un de ces regards… Il savait déjà, il était devant avec mon père. La Shérif a bondi sur ses pieds. Elle connaissait Dario, un coup d'œil lui a suffi. Je le connaissais moi aussi, même si nous n'avions jamais traîné ensemble. Il avait trois ans de plus que moi, des muscles modelés par le trekking et un sourire aux dents saines, qui m'émeut encore quand je feuillette nos albums photo. À l'époque, nous n'aurions jamais imaginé que notre lien naîtrait d'une nuit si noire.

La Shérif s'est affaissée sur sa chaise et a failli tomber. Elle a perdu connaissance quelques secondes, Osvaldo l'a fait revenir à elle en lui donnant des gifles. Ce n'est pas Doralice, ce n'est pas Doralice, lui répétait-il doucement.

« Donnez de l'eau au jeune », a dit l'adjudant avant de commencer à poser ses questions. Qui avait-il trouvé ?

Dario a bu. C'était une des deux sœurs, a-t-il répondu, il les avait vues au village mais il ne savait pas comment elles s'appelaient. Celle aux cheveux courts et à la mèche décolorée.

Capasso a déplié la carte d'identité, Dario a regardé la photo. Il a hoché la tête et un sanglot lui a échappé. La fille dans la forêt était Tania Vignati.

Je me suis laissée glisser le long du mur pour m'asseoir par terre. J'ai passé mes bras autour de mes genoux pour garder mon brusque mal de ventre contre moi. Dario est resté debout, pressé de les emmener à Pietra Rotonda. Il était en nage et haletant.

« Tu es sûr qu'elle est morte ?

– Monsieur, j'ai suivi la formation. Je sais faire la différence entre quelqu'un de mort et quelqu'un de vivant. »

Mais, fondant en larmes, il a ajouté que c'était la première fois.

« Elle a du sang sur elle ? Des plaies ? »

Du sang sur son tee-shirt, qui était un peu déchiré. Il s'est essuyé le visage du dos de la main. Voyait-on des morsures de bête ? Il n'avait pas l'impression, mais il ne s'était pas attardé à l'examiner. Il avait vu des traces, ça oui, autour du bourbier à proximité.

« Des loups ? »

Peut-être, c'était difficile de savoir.

« Et puis des empreintes de cheval ferré.

– Les chevaux ne tuent pas, a fait remarquer l'adjudant.

– Les loups non plus, si on va par là », a répondu Dario.

Pourtant, le *Corriere Abruzzese* du lendemain matin critiquerait le retour des loups dans son article à la une, intitulé « Disparition de trois filles de Modène ».

« Où est-elle exactement ?

– À côté de la paroi où on fait de l'escalade.

– Il faut passer les alentours au peigne fin. Mortes ou vives, les autres ne doivent pas être bien loin. »

Cette phrase avait échappé à l'adjudant, mais la Shérif ne l'a même pas entendue, elle était ailleurs. Elle se demandait elle aussi si le cœur de sa fille battait encore.

« Ce coin-là, les bergers le connaissent comme leur poche, a dit Osvaldo.

– Ils ne parlent pas beaucoup, je ne sais pas s'ils nous seront d'une grande aide », a commenté Capasso.

Puis il a téléphoné aux carabiniers de Bomporto. Ils devaient prévenir la famille Vignati. Pour le moment, uniquement de la disparition de leurs filles. Il a lu l'adresse indiquée sur la carte d'identité.

J'ai approché une chaise de la Shérif et je me suis appuyée à sa chaleur. Je ne m'attendais pas à son bras autour de mes épaules. Elle m'a serrée. Elle tremblait, et moi avec elle. Je ne pensais pas à Doralice, à cet instant. Je pensais à Tania, qui avait notre âge. Quelques soirs auparavant, au bar, elle portait une robe à fleurs, un collier de jade oscillait sur sa poitrine. Pendant des années, je l'ai vue comme ça, dans mes nuits sans sommeil, en train de rire et de boire avec nous, pour toujours jeune fille, avec ce collier qui bougeait au rythme de sa respiration. Je me souviens encore des nuances de vert des perles. Elle était soucieuse à cause de son partiel de biologie, tout début septembre. Elle disait qu'au camping elle n'arrivait pas à réviser. On avait bien de la chance d'habiter là : chez elles, dans la plaine, on se faisait dévorer par les moustiques. Elle était si vivante.

5

Je viens avec vous, avais-je dit. Mon père et Osvaldo allaient chercher Ciarango à sa cabane. Le long du chemin pierreux, ils parlaient des empreintes que le garçon du club alpin avait vues.

« Si ce cheval était ferré, il a un propriétaire. »

Avec son cheval, Ciarango menait ses moutons à Pietra Rotonda, il aurait peut-être des informations. Quand nous sommes arrivés, les gros chiens blancs voulaient s'en prendre à la voiture, la voix d'Osvaldo les a calmés. Au pied de la montagne, le refuge. Mon père a frappé de son poing.

Le berger a mis un peu de temps à entrebâiller la porte. Il avait une torche à la main. Il a immédiatement reconnu les deux hommes, puis il l'a braquée sur mon visage.

« C'est ma fille, tu ne te souviens pas d'elle ?

– Pourquoi tu l'as amenée ici ? » a-t-il demandé, remuant les lèvres dans sa barbe d'ermite.

Il a baissé la torche pour voir le reste de mon corps.

Il nous a laissés entrer dans la pièce unique et s'est assis sur son lit de camp.

« Prends le vin », m'a-t-il dit.

Il a éclairé la table couverte d'assiettes sales, de conserves de haricots, de bouteilles, vides pour la plupart. Un demi-fromage était creusé au couteau. Je n'ai pas bougé.

Il avait une maison et une famille dans la vallée, mais l'été il les oubliait. Les autres bergers racontaient qu'il était riche, allez savoir où il cachait son argent… Et en plus, il touchait la retraite, maintenant.

« On n'est pas venus boire un coup, lui a dit mon père. On a retrouvé une gamine morte à Pietra Rotonda, tu es au courant de quelque chose ? »

Il a fait non de la tête, sans s'étonner. Les agnelles mouraient, les jeunes filles mouraient, pour lui ça ne faisait pas une grande différence.

« Pourtant, il y avait les empreintes de ton cheval, au bourbier. »

Ciarango a haussé les épaules. Et donc ? Qui sait de quand elles dataient ? Il ne gardait plus sa monture à côté de la cabane.

« Deux autres personnes ont disparu. Tu connais bien le coin, on a besoin de ton aide, a repris mon père.

– Hé, les touristes se perdent. Et puis après, ils retrouvent leur chemin. »

Il nous aveuglait à tour de rôle avec sa torche. Il ne

voulait pas descendre avec nous, il devait faire la traite à l'aube.

« Tu n'as pas l'étranger, là, pour faire ça ?

– L'est pas là, mon ouvrier. »

Osvaldo est entré dans le faisceau lumineux.

« Il y en a une, c'est ma fille », lui a-t-il dit.

Alors, Ciarango s'est levé de sa paillasse, les yeux écarquillés.

« Qui, Doralicia ?

– Doralice. »

Certains soirs, j'étais au cabanon, quand il descendait à cheval. Il m'impressionnait, Ciarango. Son odeur forte, sa vie solitaire, sans eau ni électricité. Il ne faisait qu'un avec les bêtes.

Tiens, voilà le cow-boy, annonçait Doralice et nous ricanions. Arrêtez, nous rabrouait Osvaldo, vous ne comprenez rien. Commères. Ciarango buvait une bière glacée. Son pantalon était raide de crasse. Il nous regardait de travers pendant que nous médisions de lui. Son cheval l'attendait attaché à un hêtre, en bordure de l'esplanade.

« Bon, d'accord, je prends mon triporteur », a-t-il dit cette nuit-là.

Il ne s'est pas pressé. Il cherchait ses chaussures à la lumière de sa torche, où avait-il donc fichu son couteau ? Nous l'avons précédé, en première et en seconde pour descendre le chemin de terre. Osvaldo s'agitait sur son siège.

« Ne te fais pas de mouron avec Ciarango, le rassurait mon père. Il vit dans son coin, mais il ne tue même pas les fourmis. »

Le deuxième carabinier était sur la route entre le cabanon et le camping, il s'est approché de la voiture.

« Que s'est-il passé ? lui a demandé Osvaldo.

– Apparemment, on a fait une autre découverte à Pietra Rotonda.

– Monsieur, si c'est ma fille vous devez me le dire. »

Sa voix est montée dans les aigus, à la fin de sa phrase. Mais on ne disposait pas d'informations certaines, l'adjudant était sur place avec d'autres militaires et le garçon, là, Dario.

Mon père et Osvaldo ont échangé un regard, ils se voyaient même dans le noir, comme des oiseaux de nuit. Un léger signe en direction du camping, où la Shérif se consumait d'angoisse.

« Ne dites rien à ma femme, pour le moment. »

Ils se sont éloignés tous les deux, sans même s'apercevoir que je les suivais. Sur un court tronçon, un sentier facile, puis nous sommes entrés dans la forêt. Des fragments de ciel étoilé entre les feuillages des arbres et, par terre, le noir absolu. Osvaldo marchait en tête d'un pas rapide, avec sa torche. Je peinais entre les racines et les cailloux.

Doralice me l'avait demandé, si j'allais à la mer, et je lui avais répondu que non. Elle aurait pu barboter avec moi et les autres. À la mer, il ne lui serait rien arrivé. Cela me paraissait si loin, et c'était la veille. Je sentais encore la brûlure du soleil sur ma peau. Je voulais qu'elle soit vivante, de tout mon être. Je lui demanderais pardon. Une fois la peur passée, nous recommencerions à nous amuser ensemble. Elle me raconterait dans les détails ce qui s'était passé avec le type des boissons. J'ai trébuché sur une branche cassée et me suis rattrapée au dos de mon père.

Au bourbier, il s'est arrêté un moment, il a fouillé les alentours avec sa torche. Voilà, les fers à cheval imprimés dans la boue.

« Ces empreintes sont fraîches, a-t-il dit en les touchant. C'est bizarre que Ciarango ne soit au courant de rien. »

Encore un raidillon, à couper le souffle. Osvaldo nous a attendus en haut. De l'autre côté, on arrivait soudain à l'orée de la forêt. Sous la lune, Pietra Rotonda.

6

Nous les avons vus d'en haut, quatre ou cinq hommes éclairaient quelque chose. Celui qui était accroupi et indiquait la falaise devait être l'adjudant. Par là, par là ! a crié quelqu'un. Osvaldo s'est mis à courir dans la descente, moi à l'inverse j'ai ralenti. Une faiblesse dans les jambes. Je ne voulais plus y aller, je ne voulais pas savoir. Mon père s'est retourné, il entendait le silence derrière lui. J'ai recommencé à le suivre.

Je me suis arrêtée de nouveau, devant la banane tombée sur les champignons. J'étais tout près d'elle, les hommes qui l'entouraient me la cachaient. Un carabinier parlait fort dans une radio pleine de grésillements et d'interférences, il expliquait la position. Encore quelques pas, Dario s'est écarté et elle était si blanche, elle semblait faite de cire. Elle portait un tee-shirt, relevé jusqu'au cou, puis elle était nue jusqu'à ses chaussettes rabattues sur des chaussures de randonnée. Une colonne de fourmis marchait entre ses seins, parcourait son visage en diagonale, se perdait dans ses cheveux.

Quelques-unes déviaient pour entrer dans sa bouche. Je n'arrivais à penser qu'à son bras reposant sur un buisson de petit-houx. J'aurais voulu lui prendre la main et la sortir de ces épines. Mon père a fait le signe de croix, Osvaldo a baissé la tête. Puis il a enlevé sa veste et s'est penché pour couvrir son bas-ventre.

« On ne peut pas, Osvaldo, on attend le procureur », l'a arrêté Capasso, et Osvaldo a remis sa veste, légère et tremblante.

« On a retrouvé son short et sa culotte », a rapporté un carabinier.

J'ai fermé les yeux, et les voix, les bourdonnements de la radio, le souffle de vent qui agitait parfois ses cheveux, comme s'ils étaient vivants, ont disparu. Pendant un moment, j'ai arrêté d'être présente. Plus tard, j'ai de nouveau entendu la voix de Capasso.

« La troisième toujours pas, déclarait-il.

– Ne reste pas là, m'a dit mon père.

– Oui, il y a trop de monde, éloignez-vous », a ordonné l'adjudant. Puis, à mon père : « Quelle idée d'amener ta fille ! »

Il regardait les empreintes à un endroit où la terre était meuble : encore les fers à cheval, et les crampons d'une grosse chaussure.

C'est ainsi que je me suis retrouvée avec Dario, à quelques mètres de là. Nous nous sommes assis par terre. Il a enlevé sa frontale et l'a posée entre nous.

« Elle est où, Tania ? ai-je demandé.

– Derrière ce hêtre. Je suis passé à côté de Virginia mais je ne l'ai pas vue. »

Il a secoué la tête au-dessus de la frontale. On accusait les bêtes alors que…

« Où Doralice peut bien être ? »

Pas à proximité, tout le monde l'avait cherchée. On ne savait même pas si elle était avec elles. Elle avait peut-être réussi à lui échapper.

« Échapper à qui ?

– À l'homme à cheval, j'imagine. »

Il m'a proposé une réglisse et je l'ai prise, mais je n'arrivais pas à la mettre dans ma bouche. Nous sommes restés là, moi avec le bonbon noir dans ma paume, et entre nous la petite lumière braquée vers le ciel. Nous étions jeunes, mais pas invincibles. Nous étions fragiles. Je découvrais brutalement que nous pouvions tomber, nous perdre et même mourir.

C'est cette nuit-là que Dario et moi nous sommes trouvés aussi près l'un de l'autre pour la première fois. Par moments, les voix des hommes autour de Virginia nous parvenaient. Et, de la radio, des informations grésillantes, le procureur montait à pied. Tiens bon, disait mon père à Osvaldo, appuyé à un rocher à quelques pas de nous. Je n'avais jamais vu un homme adulte au visage strié de larmes, avec cette peur dans les yeux. Il semblait s'effondrer du haut de sa grande taille, sous le poids de son épaisse ossature dont il était fier. Je ne devais plus jamais revoir mon père consoler qui que ce soit de cette manière.

Parfois, je regardais les carabiniers, et elle entre eux, pour me rappeler que ça s'était vraiment passé. Tout ce mal, arrivé là où Doralice et moi, enfants, nous nous étions cachées et cherchées, la bouche barbouillée de jus de fraise. Nous posions les fruits dans de grandes feuilles en guise d'assiettes. Pour mon père, c'était l'endroit le plus sûr du monde. Plus que le bus bondé qui me conduisait à la mer, ou que la plage avec ces gens si dévêtus. Là-bas, oh oui ! pour lui c'était plein de dangers. Pourtant, c'était sa forêt qui l'avait trahi.

Il s'est tourné vers moi, incrédule. Parfois, mes pensées l'appelaient. En ces quelques heures, il avait perdu toutes ses certitudes, il me fixait comme si, moi, j'étais en mesure de lui expliquer une mort pareille.

« Il a dû les agresser à cheval, elles n'ont pas pu se défendre », a dit Dario.

Il avait trouvé le corps d'une fille, seul, dans la nuit. Il était choqué, mais pas autant que moi. J'ai parfois repensé, au cours des années, à sa force cette nuit-là à Pietra Rotonda.

7

Une autre lumière avançait dans notre direction. Le voilà, a dit l'adjudant. Il n'imaginait pas le procureur comme ça : une femme en jean et chaussures de montagne qui marchait à vive allure à côté d'un carabinier. Capasso l'a saluée et elle s'est présentée : Grimaldi. Elle s'est raidie un instant devant Virginia, puis elle l'a longuement observée, sous différents angles. Par intervalles, Dario et moi entendions distinctement sa voix, dans ce silence.

« Quelqu'un qui a perdu les pédales », a-t-elle dit à l'adjudant.

Avec elle, la scène a changé. Elle a fait couvrir les filles, elles ne devaient pas rester seules.

« Les bêtes pourraient les abîmer. »

La zone a été délimitée, elle a indiqué le périmètre au carabinier qui tendait le ruban d'arbre en arbre. Elle a interrogé Dario, à côté de Tania, et lui a demandé si elle était encore chaude quand il l'avait trouvée. Et avant, pendant qu'il cherchait, y avait-il eu des coups de feu dans la forêt ? La procureur a haussé la voix pour s'adresser à tout le monde : « Attention, il est armé et il n'a rien à perdre. Il peut être caché par ici. »

Capasso avait demandé des renforts par radio, des carabiniers et des policiers arrivaient de toute la région. Ils chercheraient Doralice, et un tueur. Les agents de la police scientifique étaient partis de Rome. Cette nuit si longue s'acheminait vers sa fin. En moi, un tumulte douloureux, mais j'étais aussi excitée : l'inconcevable était en train de se passer.

« Je n'avais rien compris, il les a tuées avec un pistolet », a dit Dario quand il a enjambé le ruban.

Mon père, lui, l'avait compris, mais il n'avait rien dit. Un chasseur sait reconnaître les blessures par arme à feu. Ce sang sur leur corps.

Nous, nous devions quitter les lieux, c'était dangereux. Je me suis rapprochée de mon père, j'avais besoin de sa protection. S'il m'était arrivé de le trouver ridicule avec son fusil à l'épaule, à cet instant il me rassurait. Il l'avait aussi emporté à Pietra Rotonda.

Ainsi, nous avons pris la direction du camping, Osvaldo et lui devant, suivis de Dario et moi. Je m'éloignais sans me détacher du corps de Virginia, si immobile, si blanc. Je refusais de croire que les filles ne puissent pas se relever, rembobiner jusqu'au matin précédent, revivre autrement leur dernier jour de vacances. Il leur aurait suffi d'un léger retard, d'une demi-heure de sommeil de plus sous la tente, ou de ne pas emprunter ce sentier.

Un minuscule détour, et elles auraient échappé à cette rencontre. Aujourd'hui encore, il me paraît incroyable qu'elles soient passées à cet endroit précis, dans l'immensité de la montagne. Elles avaient un rendez-vous fixé par le sort.

Un journaliste arrivé sur les lieux s'est joint à nous. Tout en marchant, il se plaignait de Grimaldi, qui l'avait chassé au premier flash de son appareil. Lui aussi, il travaillait. Puis il a commencé à nous poser des questions : Comment se faisait-il que nous soyons là ? Étions-nous des proches des victimes ? Était-il vrai qu'une autre fille avait disparu ? Nous avons essayé de le tenir éloigné d'Osvaldo, qui allongeait le pas pour ne pas l'entendre.

Le lendemain, dans *Il Corriere Adriatico*, il a émis des doutes sur le compte de Grimaldi : une magistrate peu expérimentée qui enquêtait sur un crime aussi barbare. Presse et télévisions, régionales et nationales, ne l'ont pas lâchée, même après la fin du procès.

Nous n'avons pas laissé le journaliste entrer chez la Shérif. Il est resté rôder alentour, prenant quelques photos. Il voulait savoir à qui appartenait le camping, mais nous ne le lui avons pas dit.

Le matin même, Grimaldi est retournée au parquet, elle a ouvert une enquête contre X pour meurtres et noté les noms des parties civiles.

Elle a joint au dossier le procès-verbal des carabiniers : Damiani Osvaldo s'était présenté devant eux à 23 h 45 le 28 août 1992 avec une amie de sa fille Doralice pour signaler la disparition de cette dernière. Elle n'était pas rentrée à l'heure habituelle au camping familial, sis au lieu-dit Dente del Lupo. La dernière fois qu'on l'avait vue, elle portait un pantalon noir et une chemise jaune à manches courtes. Une patrouille s'était rendue sur les lieux, où le soussigné adjudant Capasso Andrea avait appris que le corps d'une fille avait été retrouvé au lieu-dit Pietra Rotonda. S'y étant rendu, il avait constaté la présence du cadavre par terre, sur le dos, présentant une tache de sang sur le thorax. Le corps avait immédiatement été identifié comme étant celui de Vignati Tania grâce à la carte d'identité conservée au camping où logeait ladite jeune fille. À une distance de trente mètres environ, on avait retrouvé un second corps sans vie, à demi dénudé, atteint par plusieurs balles à la poitrine et à l'abdomen. Il s'agissait probablement de sa sœur Virginia, elle aussi originaire de Bomporto (Modène). Aucune trace sur place de Damiani Doralice.

8

Quelqu'un savait-il où était la ferme Trignani ? Le signalement venait de là. Le carabinier a posé la question aux bénévoles et curieux attroupés entre le cabanon et le camping. Le ciel au-dessus du Dente del Lupo commençait à s'éclaircir quand il a reçu l'appel. Hameau Colledoro, a-t-il spécifié, mais personne ne connaissait cette ferme. Elle se trouvait dans une autre commune, vers Teramo, à huit, dix kilomètres, lui a-t-on répondu. Je vois à peu près la route, a dit Osvaldo, on demandera sur place quelle est la maison. Il était déjà prêt à partir.

Il a avalé en une gorgée le café préparé par la Shérif quand nous sommes redescendus de Pietra Rotonda. Au début, elle a pleuré pour Virginia et Tania, pour leurs parents peut-être déjà en route. Puis elle s'est ressaisie : sa fille n'avait pas été retrouvée. Il se pouvait qu'elle soit vivante. Elle s'est approchée de Notre-Dame des Sept Douleurs.

« Toi, tu peux me comprendre, l'a-t-elle priée, les yeux fixés sur son visage peint. Je n'ai qu'elle, sauve-la. »

Elle est restée devant la Vierge un moment, secouant parfois ses mains entrelacées et lui demandant en silence : Que fais-tu ? Rends-la-moi. Puis elle a recommencé à s'affairer, machinalement. Elle a apporté du pain et du café d'orge au grand-père, elle a insulté le journaliste qui l'irritait.

Le café de la Shérif, Ciarango aussi en a bu, arrosé de liqueur à l'anis. Il n'était pas resté longtemps là-haut, à Pietra Rotonda. Il avait déclaré à l'adjudant que son cheval était seulement un cheval de trait, qui lui servait à transporter les bidons de lait. Il le laissait au repos depuis qu'il était devenu boiteux. Et puis ce n'était pas le seul cheval du coin, d'autres bergers aussi en avaient un.

Au dernier moment, Ciarango s'est approché de l'Alfetta qui partait à Colledoro. Lui, il savait où habitaient les Trignani, il leur avait vendu un agneau à Pâques. Il a expliqué au brigadier à quel endroit il devait quitter l'axe principal et comment reconnaître la ferme. Ce n'était pas si facile. Il y avait une petite église blanche, juste avant.

« Viens avec nous », lui a dit mon père.

Osvaldo est monté dans la Ritmo, il lui a laissé la place à l'avant. Ciarango a incliné la tête puis il s'est décidé.

Mon père a gardé quelques jours pour lui ce qui s'était passé entre eux, pendant qu'ils allaient à la ferme des Trignani. Puis un soir il a tout raconté à ma mère, après le dîner. Il parlait à voix basse, comme honteux, mais je l'ai entendu.

C'est Osvaldo qui a commencé : « Tu peux rouler les carabiniers, mais pas des gens qui te connaissent depuis toujours. »

Ciarango lui a demandé ce qu'il voulait dire par là.

« Ici, personne n'a de cheval, tu es le seul. J'ai vu les empreintes fraîches de mes yeux. »

Ciarango lui a répondu qu'il était sacrément ingrat. On renonçait à son sommeil pour l'aider à trouver sa fille et c'était comme ça qu'il remerciait. Ils voulaient vraiment se disputer ?

« Arrêtez, est intervenu mon père, mais ils ne l'ont même pas entendu.

– Tu parles d'une aide. Tu ne dis pas ce que tu sais, a rétorqué Osvaldo.

– Ça suffit », répétait mon père, tout en essayant de suivre les carabiniers. Ils voulaient tous les deux avoir le dernier mot.

« Ça me regarde, où je mets mon cheval. Je n'ai pas de comptes à rendre à un type soumis à sa femme. »

Alors, Osvaldo a bondi, il l'a attrapé par le cou et a serré. « C'est toi qui as fait ça, c'est toi qui as fait ça », lui criait-il à l'oreille. On peinait à comprendre si c'était une question ou une affirmation. Surpris, Ciarango a tenté de se dégager, il frappait à l'aveugle. Insultes et jurons s'étranglaient dans sa bouche. Le brusque coup de frein a mis fin à l'empoignade. Mon père a repoussé Osvaldo : Tu as perdu la tête, lui a-t-il dit. Ils se sont calmés, haletants.

Quand ils sont repartis, ils avaient perdu l'Alfetta de vue. Quelques virages plus loin, elle était là, qui les attendait. Ils l'ont dépassée avant de bifurquer en direction de Colledoro.

« Demain, je porte plainte contre toi », a dit Ciarango à Osvaldo.

Puis il a continué de parler avec mon père, comme si Osvaldo n'était pas là. De temps en temps, il se massait le cou sous sa barbe.

« Mon cheval, je l'ai passé à Vasile, pour monter aux pâturages en altitude. »

Les deux voitures sont sorties de la forêt et c'était le matin. Aux croisements, Ciarango les guidait le long des chemins entre les champs escarpés. Ils ont dépassé la chapelle et juste après, il a indiqué la ferme. Doralice était arrivée jusque-là, blessée et vivante.

LE DENTE DEL LUPO

1

La dame atteinte de capsulite rétractile devrait être dans la salle d'attente, mais ce matin elle est de nouveau en retard. Après, elle se plaint de son épaule douloureuse : Il faut encore combien de temps pour que ça passe ? C'est mon père qui a sonné à sa place, je le trouve assis à côté de la fenêtre. Ses passages inopinés à mon cabinet me mettent les nerfs à vif.

« Il n'y a personne, aujourd'hui. Tu manques de travail ? » commence-t-il.

Je le rassure : Ma patiente ne va pas tarder. Il porte un tee-shirt que je ne lui avais jamais vu, blanc avec écrit en bleu : NAVIGARE. La chose me fait sourire, sur la poitrine de quelqu'un qui n'a vu des bateaux qu'à la télévision. Je lui demande ce qui l'amène.

« Tu ne viens pas, alors je viens, moi. »

Je lui rappelle que nous avons déjeuné ensemble jeudi, il y a quatre jours à peine. Ah oui, c'est vrai, ça lui paraissait remonter à plus longtemps. Si ça ne tenait qu'à lui, je passerais ma vie chez lui, à faire le ménage et à l'aider au potager. Ou alors, c'est un peu de compagnie qu'il veut. Quelqu'un avec qui échanger quelques mots : un voisin, un parent, sa fille.

C'était seulement pour me saluer, se justifie-t-il, de toute façon il devait aller à la pharmacie au coin de la rue. Et il m'a apporté des pommes de terre nouvelles, il me montre du doigt un vieux cabas.

« Cette année, j'ai planté celles qu'Osvaldo m'a données, elles ont plus de goût. »

Je hoche la tête.

« Vous vous êtes vus, tous les deux ? » reprend-il, prudent.

Non, je n'ai pas revu Osvaldo. Pourtant, il faut peut-être qu'il me parle, car quelqu'un s'intéresse au Dente del Lupo.

« Tu ne penses qu'au camping. C'est pour ça que tu es passé ? »

Mais non, il est venu m'apporter ces pommes de terre. Hier, Amanda l'a aidé à les ramasser. Elle est passée le voir et il l'a mise au travail avec la houe et la brouette. Elle redescendait de la montagne, il pensait que j'étais au courant. Ma fille ne me dit pas où elle va ?

Non, elle ne me le dit pas, le peu de fois qu'elle sort. Et puis je suis partie tôt, hier, nous sommes allés chanter dans les Marches. Ça lui paraît bien loin. Pourquoi je continue la chorale ? En plus, c'est bénévole. Je pourrais me reposer, le dimanche.

« C'est ma façon de me reposer. Et on a même reçu une récompense, après le concert. »

Il n'a jamais apprécié la musique, il m'observe d'un air sceptique, comme s'il visualisait la plaque en argent qu'on nous a remise. Je le regarde en retour, avec son tee-shirt d'ado que Rubina jugerait cool si elle le voyait sur lui. Il a dû l'acheter à la boutique où il prend ses pantalons cargo. Cette inscription m'irrite. Il n'a jamais voulu entendre parler de la mer, et quand le médecin a recommandé à ma mère d'y séjourner pour ses os, il n'a pas fait l'effort de l'accompagner.

« Essayons, le priait-elle, on n'est pas obligés de se mettre tout nus.

– Le soleil de la campagne te suffit », lui répondait-il.

Par la suite, une de ses vertèbres s'est fracturée à cause de l'ostéoporose. Mon père n'a jamais sillonné autre chose que ses terres.

Ma patiente arrive essoufflée, elle bafouille des excuses, le tracteur devant elle ne se serrait pas pour la laisser doubler. Mon père et elle se saluent, il leur arrive de se croiser à la jardinerie. Elle achète des pots de fleurs, lui des tomates. Je vais comme un vieux, lui dit-il, pour s'entendre répondre que pourtant il a l'air d'un jeune homme. Il se lève, s'arrête sur le seuil :

« Appelle Osvaldo. »

Si Osvaldo veut me parler, il sait où me trouver. Je lui tourne le dos. La dame s'installe sur la table d'examen et je commence à palper ses muscles. La zone douloureuse est crispée, je m'occupe d'abord de son omoplate. Les mots de mon père me reviennent : Osvaldo, Amanda qui ramasse les pommes de terre, le Dente del Lupo.

Il me paraît improbable qu'aujourd'hui quelqu'un puisse s'intéresser au camping. Peut-être des gens d'ailleurs, qui ne sont pas au courant de l'histoire. Ils ne savent pas que les esprits des deux filles rôdent encore dans la forêt. Parfois, je les imagine en train d'errer dans la nuit, sans pouvoir trouver la paix, jusqu'à Pietra Rotonda. Pendant des mois, ces voix portées par le vent ont ôté le sommeil aux gens de la vallée. La malédiction des lieux a commencé avec elles, cette blessure ne pouvait pas se refermer. La route est restée longtemps coupée par un éboulement, le Dente del Lupo a disparu des guides touristiques et plus personne n'est allé marcher sur ces sentiers. Pourquoi Amanda est-elle retournée là-haut ?

« Moins fort, s'il vous plaît », demande ma patiente.

2

Le jeune homme assis en face de moi écrit des nombres et des symboles sur un bloc-notes à carreaux. Je reconnais l'espèce de S étiré des intégrales, un souvenir peu agréable du lycée. Son pied cogne le mien, il s'excuse, je lui demande s'il est en fac de maths. Ça me fait mal de le voir si absorbé par ses formules, mal pour Amanda. L'après-midi, elle résolvait les problèmes donnés par M. Ferri avec une ardeur semblable, penchée sur son cahier dans un passé qui me semble si lointain.

Le train est différent de la dernière fois, je ne suis pas dans le même état d'esprit. À l'époque, je l'accompagnais vers sa vie d'adulte. Elle allait me manquer, mais l'espoir dans son avenir était plus fort que la nostalgie d'elle que j'éprouvais déjà. Aujourd'hui, je vais récupérer les affaires qu'elle a laissées à Milan. Dario et moi nous sommes parlé au téléphone, inutile de continuer à payer le loyer. Elle, elle s'est dérobée : Je n'y remets pas les pieds, a-t-elle dit. Tu n'as qu'à aller récupérer les trois bricoles qu'il reste toi-même, si tu y tiens tant. L'été a brûlé la plaine, il y a deux ans elle était verte, derrière la vitre.

L'agence a hâte de reprendre les clés et la chambre. Au suivant, quatre cents euros par mois, Amanda n'a fait que passer.

Moi, j'aurais voulu faire des études de médecine, mais elles étaient trop longues et trop coûteuses pour mes parents. Je ne me suis pas posé beaucoup de questions. Je me suis contentée de mes trois ans d'école de kiné et j'ai aimé mon travail. J'ai ouvert mon cabinet grâce à un crédit-bail et j'ai fui la campagne, mon père et l'usine où je me serais retrouvée à emballer des blancs de poulet. Maintenant, je soigne certaines des ouvrières, aux mains abîmées par les températures négatives et l'humidité des chambres froides. Que fera Amanda ?

Le jeune baisse son masque et mange un sandwich, il balaie de la main les miettes tombées sur ses intégrales.

L'appartement est silencieux, il ne doit y avoir personne à cette période de l'année. Sa chambre est plongée dans le noir, stores baissés, j'ouvre la fenêtre et, plus que du soleil, c'est un air opaque qui entre. Je m'attendais à ce désordre, au lit défait, Amanda est partie en catastrophe avant que la ville se ferme. Des chaussures éparpillées et, éloignés l'un de l'autre, les chaussons en laine bouillie que je lui ai offerts. En revanche, les livres sont bien rangés, alignés sur l'étagère. Il n'y en a pas un sur le bureau. Je doute que ma fille ait étudié, dans cette chambre. À leur place, des cartons à pizza avec des morceaux de croûte desséchés, des bouts de pain grignotés, des canettes vides. Dans l'armoire, il ne reste pas grand-chose à emporter. Vider et faire le ménage, a dit la fille de l'agence au téléphone. Je cherche le nécessaire dans le cagibi et me mets à la tâche.

« Vous êtes la mère d'Amanda ? »

La voix me fait sursauter, le froissement du sac poubelle a couvert le bruit des pas. Je confirme et secoue une canette avant de la jeter. Ce n'est pas la fille que j'ai vue la première fois, celle-ci porte des lunettes et a les cheveux longs. Elle est désolée qu'Amanda ne soit pas revenue, ils sont nombreux à continuer leurs études depuis le domicile familial. Je ne sais pas quoi lui répondre, j'acquiesce de nouveau, faiblement. Et puis elle comprend qu'Amanda veuille changer de cadre. Je jette une croûte de pizza dans le sac. « Ici, on fait le tri », me signale-t-elle. Bien sûr, chez nous aussi, je pensais à autre chose. Je continue de ramasser les canettes.

« J'étais là, ce soir-là », dit-elle.

Quel soir ?

« Quand elle s'est fait agresser. »

La fille s'approche, un V en or blanc brille dans le décolleté de son tee-shirt. Elle révisait avec des bouchons d'oreilles à cause du bruit à l'étage du dessus. Elle n'a pas entendu les coups de sonnette répétés. Amanda a aussi sonné chez les voisins, mais personne n'a répondu. Les gens n'étaient pas là ou alors ils ne voulaient pas ouvrir. Et puis il était tard, Amanda rentrait d'un concert. Elle est restée dehors seule, dans le froid, blessée.

« Une heure, ou peut-être plus. De temps en temps, elle réessayait, je ne l'ai entendue que quand j'ai enlevé mes bouchons. »

La vue du sang l'a ébranlée, mais elle n'a rien dit pour ne pas l'inquiéter davantage. Elle lui a prêté son téléphone et elle s'est remise à réviser, son partiel était dans quelques heures.

« Amanda disait que ça allait. »

En tout cas, elle a eu de la chance. Comment ça ? C'était seulement un vol, ils ne lui ont rien fait d'autre. Qu'est-ce que tu racontes ? voudrais-je répliquer, mais je reste silencieuse. Elle a raison, ça aurait pu être pire.

Son regard se pose sur les tasses, les emballages de biscuits sur la table de chevet.

« Après ça, elle a changé, continue-t-elle. Elle a arrêté de manger avec nous. »

Elle sortait uniquement pour aller en cours, puis même plus. Elle se sent sans doute mieux à la maison.

Je ne réponds pas pour ne pas lui mentir.

Je dois encore comprendre le mal-être de ma fille, il ne peut avoir une seule et unique explication. C'est ici qu'il a commencé, la vie en ville était peut-être trop dure pour elle. Pendant un instant, je suis tentée de me confier à sa colocataire, de lui parler d'Amanda, de son état actuel. Mais à quoi bon, je ne sais même pas comment elle s'appelle, si le V de son pendentif signifie Valeria, Valentina ou Veronica. Elle ne s'est pas présentée, et si Amanda m'a dit son prénom, je l'ai oublié. Je la regarde, elle ne peut rien pour nous.

« Si vous avez besoin de quelque chose, je suis dans la pièce à côté. Je m'appelle Viola. »

3

Amanda aurait pu se réfugier ici, ce soir-là. Il suffisait de tourner à droite au bout de la rue et de parcourir cent mètres. Elle connaissait forcément ce bar, elle passait devant pour prendre le métro à la station Lodi TIBB. Elle aurait été accueillie et secourue, la patronne chinoise est gentille. À quelle heure fermez-vous ? je demande au serveur qui m'apporte le petit déjeuner que j'ai commandé. À vingt-deux heures, madame. Trop tôt.

Je goûte la crème de mon cappuccino, la tête ailleurs. Pourquoi n'ai-je pas immédiatement compris ce qu'elle a vécu ? Où étais-je, moi, pendant qu'elle souffrait du froid et de la peur devant la porte de son immeuble ? Ne plus pouvoir protéger est le destin des mères, à un moment donné.

Son appel m'a réveillée en sursaut, la télécommande m'est tombée de la main. J'étais étendue sur le canapé, la télé encore allumée. J'ai minimisé, je voulais la rassurer. Le lendemain matin, je ne suis pas allée la rejoindre.

« Tu n'as pas dormi », constate Dario en s'asseyant.

Il m'a trouvée tout de suite, je lui avais envoyé la position du bar. De loin, un salut de la main, il a gardé son pas de montagnard.

Hier soir, impossible de m'endormir, dans ce lit qui pendant quelques mois a été celui d'Amanda. Je sentais son souffle inquiet entre les draps, sa nervosité dans une chambre inconnue. En y faisant le ménage, j'ai eu l'impression qu'elle ne l'avait jamais aimée. Son insomnie de cette nuit-là, et de je ne sais combien d'autres, m'a contaminée. J'ai avalé la mélatonine que j'ai dénichée dans sa table de chevet sans regarder la date de péremption, et je n'ai malgré tout pas fermé l'œil.

« Ça se voit ? Pourtant, je me suis maquillée », et j'effleure de mes doigts le cerne sous le correcteur.

La dernière fois que je l'ai vu à la maison, il a apporté un cadeau d'anniversaire à notre fille. Elle s'est montrée plutôt ombrageuse et a posé sa nouvelle tablette sur une chaise sans la déballer. Mais elle a bien voulu lui faire un bisou quand il est parti.

Dario commande un café, se reprochant d'en être à son deuxième alors qu'il n'est que neuf heures du matin. Il en a pris un sur l'autoroute. Ici, il fait meilleur, constate-t-il. Je le sens fébrile, assis sur sa chaise comme prêt à bondir sur ses pieds. Je lui demande comment ça se passe au travail.

Il m'annonce avec une pointe de satisfaction qu'il vient de prendre la direction d'une filiale importante.

« Alors ça valait la peine, dis-je.

– Quoi donc ?

– De déménager à Turin. »

L'autre question que je voulais lui poser n'a plus de sens : un rapprochement est-il possible ? Géographique, entendais-je. Et peut-être aussi affectif. Je la ravale.

Il veut savoir comment était la chambre de notre fille. C'était un peu le bazar. J'ai croisé une de ses colocataires.

« Elle t'a dit quelque chose au sujet d'Amanda ? »

Qu'elle n'était pas heureuse, à Milan. Et que ses études ne lui plaisaient peut-être pas.

« Et tu ne t'étais rendu compte de rien ?

– Pourquoi, toi si ? »

C'était chez moi qu'Amanda rentrait pour les vacances.

« Moi, je n'étais pas là », se défend-il.

Justement, lui il n'était pas là et moi j'étais censée savoir interpréter les silences de notre fille ? Une pause.

« C'est ma faute ? » me demande Dario.

Je hausse les épaules. Impossible de répondre par oui ou par non. Je ne sais pas départager les fautes. Et je ne sais pas si les choix d'Amanda dépendent encore de nous. À un certain moment, on perd la main sur la vie de ses enfants. Ils suivent seuls leur voie et nous jettent des regards impitoyables.

Quand son père est parti à Turin, elle m'a dit que c'était une séparation. Il t'a quittée et tu ne t'en es même pas aperçue, voilà ce qu'elle m'a dit. Elle avait vu juste. Fin septembre, je l'avais encore longuement au téléphone, parfois il était joyeux, ses imitations de ses collègues nous faisaient rire. Il ne passait pas d'appels en visio, je n'ai jamais vu l'appartement autour de sa voix. Même s'il était loin, il faisait toujours partie de moi. Je souffrais de son absence, en silence. Il rentrait encore à la maison, rarement.

Lors de ses premiers mois à Milan, elle lui a rendu visite en train, mais elle ne m'a rien raconté, ni sur son père ni sur sa vie en ville. Elle m'a seulement parlé des restaurants où ils mangeaient des *agnolotti* et du *vitel tonné*. Après, ils ne se sont pas revus.

Hier soir, comme elle, j'ai commandé une pizza sur l'application Glovo, je l'ai mangée sur le bureau de sa chambre. Elle était prédécoupée, j'ai détaché les parts et mâché lentement.

Je ne suis pas en colère contre Amanda, je suis triste. Dario aussi, ça se voit. Il soupire et boit son café, puis va payer pour nous deux. Nous nous dirigeons à pied vers l'immeuble, il est garé devant. Nous montons au quatrième étage en nous contentant d'échanger des regards, qui tombent immédiatement par terre. J'ai emballé tout ce que nous devons emporter. En revanche, j'ai jeté le paquet de préservatifs que j'ai trouvé au fond du tiroir de la table de chevet. Je l'ai ouvert, il en manquait cinq. Un garçon a passé des heures avec elle, ils ont eu des rapports sexuels dans ce lit une place. La vie secrète de nos enfants. Nous savons qu'elle existe, mais nous ne sommes jamais prêts à nous y confronter. Ils restent pour toujours des anges asexués, dans nos têtes. Indéterminés, jamais tout à fait nés.

Hier soir, Viola m'a donné un carton pour y ranger les livres. Dario en sort un, le retourne entre ses mains, regarde la couverture brillante.

« Ils sont neufs. Tu crois qu'Amanda a passé des partiels ? »

Je pense que oui, au début. Elle m'en parlait. Mais tu as vérifié ? insiste-t-il. Comment vérifier, elle est majeure. Et puis à quoi bon, maintenant qu'elle a décidé d'abandonner.

« Ce n'est pas sûr. On peut lui trouver un appartement dans un quartier plus tranquille. »

Je reconnais son obstination, elle n'aura aucun effet sur Amanda. Lui, il tient au diplôme de sa fille, il ne veut pas céder. Il ne sait pas à quel point elle est devenue rétive.

Dans l'ascenseur, nous sommes à l'étroit avec les sacs, le carton de livres. Une tristesse sans remède s'empare de nous. Troisième, deuxième, premier, rez-de-chaussée. Dario s'affaire dans le coffre, rien ne bougera pendant le trajet. Nous remontons dans la chambre vérifier que nous n'avons rien oublié. Elle est vide, aucune trace du passage d'Amanda. L'employée de l'agence trouve les clés sur le bureau, inspecte la chambre, elle est propre, très bien. Elle teste les portes du placard, le bon fonctionnement du store. Nous restons encore quelques minutes, je frappe à la porte de Viola. Passez le bonjour à Amanda de ma part, dit-elle.

«Je lui ai écrit plusieurs fois, mais elle n'a pas répondu à mes messages.»

Je lui souhaite bonne chance et elle me remercie en croisant les doigts. Elle espère avoir sa licence en octobre. Le monde n'a jamais été si plein de gens qui font des études.

Nous partons. Sur l'autoroute, Dario retrouve sa voix.

«Un samedi, je passerai chercher mes dernières affaires. Je te libère la place dans l'armoire.

– C'est définitif, alors?»

Il hausse les épaules. Tout ça est derrière, il n'y a rien de nouveau, selon lui. C'est vrai, mais en cet instant où nous nommons ce qui est derrière, je manque de défaillir.

«Tes pulls ne me dérangeaient pas.»

Il le sait, mais ils lui seront plus utiles à Turin. Aucun trait d'esprit ne me vient pour l'arrêter avant la déchirure finale. C'est un peu tard, me reproche-t-il. Non, ce n'est même pas un reproche, le ton est trop indifférent.

«Tu n'es pas venue une seule fois voir où j'étais installé.

– J'ai un travail, je lui rappelle.

– Tu es à ton compte. Si tu veux prolonger un

week-end d'un jour, tu peux te le permettre. Tu avais promis que tu viendrais. Tu n'as même pas fait cet effort. »

Au début, il attendait ma venue, semaine après semaine. La ville m'aurait plu, je me serais peut-être décidée à le rejoindre avec Amanda. Peu à peu, il s'est habitué. Je ne lui manque plus. Je le regarde, désolée, sans me défendre.

« Tu es plus attachée à ton père qu'à moi. Tu es tout le temps fourrée chez lui. »

Je suis fille unique, mon père est âgé et malade. J'ai le devoir moral de l'aider.

« Justement, tu as choisi.

– Toi aussi tu as choisi : ta carrière. »

Il aurait dû le faire depuis longtemps. Il a stagné toutes ces années pour rester avec nous. Amanda et moi.

Nos yeux se croisent dans l'espace vide entre les sièges tandis que les pneus roulent sur les joints d'un viaduc. Ta-tan, ta-tan. L'envie de rétorquer me manque, il n'a même pas tort, pas entièrement. Nous nous perdons ainsi, sans passion ni effusion de sang.

Je ne sais pas pendant combien de kilomètres nous restons silencieux. Puis le ton change, dur mais presque léger.

« À propos, tu pourrais demander à ton père de venir te chercher à la sortie d'Ancône ?

– Il ne se sent plus de conduire sur l'autoroute. Tu aurais pu me le dire plus tôt, je serais rentrée en train.

– Et toutes ces affaires ?

– Tu les aurais prises à Turin. Amanda n'en veut pas. »

4

Nous les avons trouvés en bas, devant la porte, précisément le jour où j'avais réussi à convaincre Amanda de m'accompagner au supermarché.

Tu m'aideras à porter les sacs, lui ai-je dit, et elle : Ça ne va pas être bien lourd, ce n'est que pour deux. Je ne sais pas depuis combien de jours elle n'est pas sortie, je ne compte plus. La lumière du soleil l'a blessée, elle s'est protégé les yeux de son bras. Et dans la lumière, il y avait ces deux-là, qui voulaient me voir. Osvaldo nous a présenté l'homme à la poignée de main vigoureuse : Enchanté, Geri.

Ils sont assis sur mon canapé, à présent. Ce matin, ils sont allés à la montagne.

Que c'est paisible là-haut, que c'est beau ! Quand Geri était jeune, il venait exprès de Pescara pour les brochettes de la Shérif, quelle femme ! Osvaldo et lui sont amis depuis cette époque. Des amis différents, me semble-t-il : ils ont dix ans d'écart au bas mot et la montre que je vois au poignet de Geri coûte au moins le double du triporteur. Une fois, il a aussi passé quelques nuits au camping. Quel dommage qu'il soit dans cet état, maintenant !

« Ton père et moi, on a discuté. Il t'a informée que le terrain intéressait Geri ? intervient Osvaldo.

– Pas vraiment, je réponds. Il l'a vaguement évoqué, sans mentionner de nom. »

C'était donc autour de ça que mon père tournait l'autre jour, au cabinet.

« Mais je savais que tu passerais. »

Il voulait venir, effectivement, il a profité de cette balade au Dente del Lupo pour m'amener Geri en personne. Et cet homme à la montre coûteuse a des vues sur ma propriété.

« En ce moment, mon groupe est à la recherche d'un endroit dans ce genre. »

Pour quoi faire ? je demande, étonnée. Ils ne le savent pas encore, peut-être un hôtel de luxe, ou alors agrandir le camping en ajoutant des équipements, des emplacements, en l'adaptant aux exigences de la clientèle d'aujourd'hui. Pendant qu'il parle, ses gesticulations construisent les nouveaux bâtiments et aménagements. Il agrandit la piscine, si petite, d'un seul mouvement des doigts.

« Ce n'est pas constructible, là-haut. »

La voix sévère d'Amanda derrière moi me fait presque sursauter, nous nous tournons tous les trois vers elle.

« Vous n'êtes peut-être pas au courant que le site

est protégé», fait-elle. Et, s'adressant à Osvaldo, elle ajoute : «Vous avez laissé le camping à l'abandon pendant toutes ces années et maintenant vous voulez régler cette affaire avec une coulée de béton ?»

Je ne l'avais pas vue, je pensais qu'elle s'était retirée dans sa chambre. Elle est appuyée contre le mur, à l'écart, mais sa voix tranche la pièce. «Les gens comme vous tentent toujours le coup.»

Ils l'ignorent, attendant seulement qu'elle finisse. Osvaldo est mal à l'aise, il fixe ses chaussures.

«Cet endroit, papi te l'a donné, maman. C'est à toi de le protéger.»

Sa voix me réchauffe, à présent. La dernière fois qu'elle m'a appelée «maman» remonte à si longtemps.

L'écho de ses paroles se prolonge, se dépose sur le sol, le tapis, les épaules de nous autres adultes. Il nous laisse silencieux.

«Les permis existent. Mais ils vont bientôt arriver à échéance», finit par dire Osvaldo.

Je reste encore muette, les deux hommes attendent une réponse de ma part, au moins un signe, quel qu'il soit. Le projet de Geri me paraît irréalisable et je ne comprends pas Osvaldo, si impliqué dans son rôle d'intermédiaire. En revanche, je comprends l'empressement de mon père à mettre le terrain à mon nom : il ne voulait pas se mêler de cette affaire, pour reprendre ses termes. Il était au courant, c'est certain. C'est moi qu'il y a mêlée.

« Vous avez vu que l'endroit n'est plus mentionné dans les guides touristiques ? »

Geri ne se démonte pas, bien au contraire. Justement, c'est ce que les gens cherchent, maintenant, des endroits isolés, loin de la foule. Le tourisme expérimental. Il bute sur le dernier mot. Quand je demande à Osvaldo si mon père et lui ont discuté du tourisme expérimental au Dente del Lupo, je bute à mon tour. Il me fixe d'un air vide, inutile de se fatiguer, ce que nous disons est incompréhensible et ne le concerne pas.

« Prenez le temps de réfléchir, vous n'avez pas à répondre maintenant. Vous recevrez mon offre bientôt. »

Je me retourne à la recherche d'Amanda, elle n'est plus là. Elle se déplace dans l'appartement sans faire aucun bruit.

Geri se lève, me remercie de lui avoir accordé du temps. J'attends à la fenêtre de les voir dans l'allée, ils se dirigent vers une BMW noire. Ils gesticulent, ils parlent d'Amanda et moi, j'imagine. À côté de la BMW, il y a une autre voiture qui n'appartient à personne de la copropriété. Je la reconnaîtrais entre mille, la clé de sol collée à l'arrière la rend unique. Est-ce la première fois que le chef de chœur rend visite à Rubina ou bien ne m'en suis-je jamais aperçue jusque-là ? Quand il se passe quelque chose au village, elle me répète toujours : Tu es la seule à ne pas être au courant. Ils sont ensemble en dessous de chez moi, il se peut qu'ils boivent juste un café ou parlent des prochains concerts. Cela me paraît improbable. C'est comme si j'étais jalouse, mais sans raison. Après tout, pour moi, Milo n'est que le chef de chœur. Peut-être que j'envie Rubina, qui à soixante ans profite encore de la vie.

J'appelle Amanda à travers la porte de sa chambre. C'est trop tard, elle ne viendra pas au supermarché avec moi. Son intention de tout à l'heure est déjà obsolète, j'ai perdu l'instant que j'avais su saisir pour écouter ces deux-là. Ma fille est si changeante, ses réveils sont si brefs.

Moi non plus, je n'ai plus envie de sortir. Au téléphone, mon père ne s'étonne pas qu'Osvaldo se soit présenté avec ce Geri. Tu étais au courant, toi ? je lui demande. Il n'était au courant de rien du tout. Et puis où était le problème, il ne m'avait pas mangée, il voulait juste me rencontrer. Tu parles ! Demain, il m'enverra par mail une offre pour le terrain. Il s'étonne : pendant trente ans personne n'en a voulu, et un jour une proposition arrive de nulle part.

J'insiste : N'était-il vraiment pas au courant ? N'a-t-il jamais parlé à Geri ? Je l'entends fouiller de sa main libre dans Dieu sait quoi, il s'éloigne un instant puis reprend la communication. C'est un gros bonnet, dit-il, les deux plus grands hôtels du littoral sont à lui. Il n'est pas capable de répéter les noms étrangers, mais enfin j'ai dû les voir en passant.

« Tu le vendrais, le Dente del Lupo, toi ? » je lui demande.

Lui, la terre, il ne la vendrait pour rien au monde, et encore moins celle-là, qui appartenait déjà à son grand-père. Rien que d'y penser, c'est un crève-cœur. Des endroits comme ça, on n'en voit nulle part ailleurs, affirme-t-il comme s'il était un grand baroudeur. En plus du camping, il y a la forêt et puis le pré en pente douce, avec son hêtre séculaire au milieu. Le regarder, ça fait un de ces biens. Je n'aurais pas imaginé que mon père avait un sens de l'esthétique détaché de l'utile.

« Mais Osvaldo est toujours ric-rac, avec l'argent de Geri il se retaperait un peu. »

Qu'est-ce qu'il y gagnerait, Osvaldo ? Ce n'est pas lui le propriétaire. Il y gagnerait, il y gagnerait. Puis je l'entends déplacer quelque chose, taper avec un marteau. Tang. Il a calé le téléphone entre son épaule et son oreille, il est incapable de tenir en place.

C'est à toi de voir. C'est pour ça que j'ai mis le Dente del Lupo à ton nom, tang tang. Il s'interrompt, silence pendant un moment.

« Je voudrais ne pas être vieux, mais c'est comme ça. »

Autre pause, puis : « Je ne peux plus rien faire pour Osvaldo. Aide-le, toi, si tu le sens. »

Il martèle du métal fin, ting ting.

5

Parfois, je préférerais jouer d'un instrument moins humain que ma voix. Du violon, par exemple. Le retrouver toujours pareil à chaque répétition, à chaque concert, à part de légères variations dues à la température ou à l'humidité. Cet instrument serait mieux accordé que moi. Mais je n'ai jamais appris à en jouer, et maintenant il est tard. Il faut faire avec ma voix, qui change au gré de mon humeur. L'autre soir, nous répétions dans la cathédrale, mon chant se perdait dans la nef haute et vide. J'avais l'impression de n'arriver à un résultat qu'au prix d'un effort. Et le chef de chœur, trop sévère, me reprenait devant tout le monde. D'habitude, il s'approche de chacun et chuchote ses conseils. Cette fois, il était impatient, et moi pas assez concentrée sur le *Kyrie*. À un moment donné, il s'en est pris à nous tous : même si nous sommes une chorale amatrice, nous ne pouvons pas nous permettre d'être aussi négligents. Quelques instants de silence, puis nous avons recommencé du début, plus convaincus. Je n'ai trouvé le ton juste que dans les dernières minutes. Alors, Milo a fait un mouvement approbateur de la tête. De retour à la maison, j'avais la gorge irritée. Rubina est montée avec son flacon de sisymbre et elle a compté pour moi les gouttes qui tombaient dans un demi-verre d'eau.

Aujourd'hui, nous chanterons à la messe de onze heures à la basilique de Collemaggio. Certains d'entre nous ne sont pas retournés à L'Aquila depuis le séisme. Samira n'y est jamais allée, et elle en a presque honte. Elle est assise à côté de moi dans le bus, elle a pris sa journée pour être des nôtres. Je la questionne sur l'hôtel où elle travaille, il n'appartiendrait pas à Geri, par hasard?

«Spezzaferro, tu veux dire?»

Je croyais que Geri était son nom de famille, c'est en réalité son prénom. En l'entendant prononcer, Samira se rembrunit. Non, elle est réceptionniste dans un hôtel plus petit, mais qui n'est pas loin. Elle avait candidaté au Long Beach, à l'époque où elle faisait des jobs saisonniers pour financer ses études. Elle s'était présentée en début d'été. C'était une blonde qui s'occupait du personnel, mais Geri était aussi dans le bureau. La femme lui avait montré le CV de Samira, il y avait jeté un coup d'œil distrait en continuant de parler au téléphone. La femme avait attendu. Puis il avait fini par lui montrer quelque chose sur le document, ils s'étaient seulement échangé un regard.

Je suis désolée, l'équipe est au complet, avait déclaré la femme à Samira en lui rendant son CV.

Ah bon ? Pourtant il y avait un écriteau devant l'hôtel : CHERCHE FEMMES DE CHAMBRE. Oh, exact ! Elle avait oublié de l'enlever.

« C'est à cause de mon nom de famille qu'ils ne m'ont pas embauchée », dit Samira.

Elle fait un sourire grimaçant devant mon incrédulité. Ce n'était pas la première fois. Pour certaines personnes de Pescara, si tu t'appelles Spinelli ou Di Rocco, tu es une voleuse. Ce sont des noms de Gitans.

Elle me demande si je le connais, Spezzaferro.

« Il voudrait acheter un terrain de notre famille, à la montagne.

– Méfiez-vous, me met-elle en garde. Il n'est pas très apprécié, les autres hôteliers se plaignent de sa concurrence déloyale. »

Au Dente del Lupo, il ne serait pas embêté par la concurrence. Au fil des ans, même les bergers s'en sont allés, ils sont peu nombreux à être restés. La cabane de Ciarango n'existe plus. L'ouverture du camping lui cassait les pieds, tous ces touristes en goguette qui piétinaient les pâturages. Il les appelait « les cochons ». Lui ! Le papier alu d'un sandwich laissé dans l'herbe le faisait sortir de ses gonds. Parfois, il s'en prenait à mon père qui avait loué le terrain à Osvaldo.

« Ne t'inquiète pas, dis-je à Samira. Il n'est pas sûr qu'on vende. »

Nous sommes partis avec une heure d'avance pour avoir le temps de visiter la basilique. J'entre alors que les autres s'attardent devant la façade. La beauté dépouillée de la restauration m'émerveille. Je m'assieds sur un banc et me sens accueillie, dans ma distance vis-à-vis de Dieu. Ce silence m'apaise, les rares visiteurs sont respectueux. Si j'avais la foi, je prierais sainte Marie de Collemaggio d'aider ma fille, de la protéger. La Vierge saurait jeter de la lumière sur la fêlure en elle, que je n'ai pas encore trouvée. Elle pourrait combler son vide par du sens.

Une lézarde horizontale colmatée par du stuc traverse une fresque aux pieds du Christ en croix. La différence de couleur est visible, mais pas gênante. Elle signifie qu'à cet endroit il y avait une blessure et qu'elle a été soignée. Je sursaute au contact d'une main sur mes cheveux. Rubina s'assied à côté de moi. C'est mon amie, elle est là, son parfum m'enveloppe.

Le prêtre nous félicite de nos chants, après la messe. Si nous sommes d'accord, il nous invitera pour celle de Noël. Nous reviendrons volontiers, lui assure le chef de chœur. Dans cette chaleur de fin d'été, les fêtes paraissent si loin. Je me demande si quelque chose aura changé dans ma vie, si Amanda aura un peu changé. Ce sera peut-être plus facile de la débusquer de sa chambre pour qu'elle vienne s'asseoir à la table du réveillon.

Nous sortons sur la place. La lumière de midi nous éblouit, elle met en relief le blanc et le rouge de la façade. Milo s'approche, il dit qu'aujourd'hui il m'a trouvée bien, vraiment.

« Tu avais l'air inspirée, comme si tu priais. »

Dans le bus, je rallume mon téléphone. Le message d'un patient qui annule son rendez-vous de demain m'agace, il fait toujours ça. Je ne le rappellerai pas pour en fixer un autre. Je consulte aussi mes mails, j'en ai reçu un. Bien que ce soit dimanche, le groupe Spezzaferro m'a écrit. Geri. Dans l'objet, sa meilleure offre pour l'achat du terrain appelé « Dente del Lupo ». Il le connaît mieux que moi, tous ces détails ne figurent même pas dans l'acte notarié de donation : superficie en hectares, parcelles sur le cadastre, noms et prénoms des propriétaires des parcelles voisines. Il y a même la distance qui le sépare de la route départementale : deux cents mètres. Geri a étudié à fond l'objet de sa convoitise.

6

Il m'a demandé d'aider Osvaldo, puis il a ajouté : Si tu le sens. Si tu tiens à lui, c'est ça que mon père veut dire. Il n'a pas les mots pour exprimer les sentiments, son vocabulaire en est dépourvu. Cette pensée m'a traversé l'esprit quand j'étais jeune : qu'il n'avait pas su dire son amour lors de sa première et unique expérience. Elle, elle espérait peut-être une déclaration à demi-mot en dialecte. Ils m'ont conçue en silence, lui par ignorance, elle par pudeur.

Entre hommes, il n'y avait pas besoin de se parler, avec Osvaldo ils étaient amis à la chasse, pendant les foins ou leurs soûleries jusqu'à la déraison qu'ils se racontent encore. Ils s'aidaient sans se soucier de qui donnait ou prenait le plus. L'un tenait la tête de l'agneau, l'autre l'égorgeait d'un geste sec. Ils en mangeaient tous les deux, ne se souvenant plus à qui appartenait la bête, avant qu'elle meure.

Je ne sais pas exactement comment Osvaldo a commencé à s'endetter, ni pourquoi ses dettes ont grossi au fil du temps. Mon père a toujours accusé la piscine, qui à elle seule avait coûté plus cher que tout le camping. Il fallait louer à la journée la petite pelleteuse qui pouvait emprunter le chemin escarpé, et c'était cher. Ensuite, il fallait payer l'ouvrier qui la manœuvrait et un autre pour évacuer la terre et les cailloux à bord d'un triporteur de montagne. Une seconde excavation a été nécessaire pour faire monter les conduites d'eau jusque-là. Elles paraissaient interminables.

À la maison, mon père disait qu'Osvaldo s'était lancé dans une entreprise hasardeuse, mais qu'à ce stade c'était trop tard pour arrêter. Il est embarqué, maintenant. Franchement, il n'aurait pas pu se passer de faire un trou dans le pré ? critiquaient les bergers. Laissez-le faire, une saison de plus et les bêtes viendront s'y abreuver. Ils regardaient longuement la pelle qui mordait la terre.

C'est sans doute à cette époque qu'Osvaldo a commencé à demander de l'argent à droite à gauche, un million de lires à un oncle, deux à un ami. À mon père, cinq, je crois, ils étaient plus proches. Ma mère marmonnait sa désapprobation, mais ce n'était pas elle qui décidait. Elle n'est jamais allée voir le chantier, et peut-être pas même le travail achevé.

Pendant la période faste, les emplacements étaient tous occupés, les tentes se chevauchaient presque et les gens se pressaient au cabanon pour les *arrosticini* inégalables de la Shérif. La piscine à cette altitude attirait aussi, moi comprise. J'aimais bien me mêler aux visiteurs. Je nageais avec eux et, parfois, me faisais passer pour une touriste. Depuis la margelle, Doralice cherchait ma tête mouillée parmi les autres. Je la revois en train de cligner des yeux, éblouie par les reflets du soleil sur l'eau. Osvaldo était content, cette folle idée de sa femme était devenue réalité et prospérait. Les petites dettes s'accumulaient, mais il se sentait assez fort pour les rembourser jusqu'à la dernière. La piscine est restée ouverte deux étés seulement. Elle était encore neuve, ce mois d'août où l'avenir a basculé.

L'année suivante, le camping a rouvert, mais dès le début de la saison, la météo a joué contre lui. Le mois de juin a été pluvieux, à la montagne on se serait crus en novembre, mais entourés de vert. En juillet, un vent inédit a arraché les deux canadiennes solitaires plantées au Dente del Lupo. Mon père leur a couru derrière alors qu'elles volaient vers les feuillages furieux des hêtres dans lesquels elles sont allées se coincer. Il donnait un coup de main à Osvaldo, quand il pouvait. Les quatre campeurs ont eu si peur qu'ils sont partis à la fin de la journée après avoir récupéré une infime partie de ce que les rafales avaient emporté. Sans la Shérif, l'endroit n'était plus le même, mais elle avait été intraitable : elle n'y retournerait pas. Osvaldo a essayé de rouvrir le cabanon, tout seul, aidé par un garçon qui faisait le service. Ses *arrosticini* étaient tantôt crus, tantôt carbonisés, il était incapable de les cuire à la perfection comme sa femme. Des gens montaient en manger un soir, puis on ne les revoyait plus.

Je les ai croisés à la banque, il y a quelques années. Pas vraiment croisés. Votre père est là, m'a dit une guichetière peu encline à la discrétion. Elle a indiqué une porte, je savais que derrière se trouvait le bureau des prêts. Qu'est-ce qu'il fait là ? ai-je demandé. Mon père n'en avait pas besoin. Elle a haussé les épaules : Il est avec un monsieur, ils doivent signer. Osvaldo avait sans doute fini le tour des connaissances à qui il pouvait s'adresser.

Je les ai attendus sur la place. Ils ne m'ont pas vue, ils sont partis ensemble, en discutant. J'en ai immédiatement eu la certitude : pour garantir le prêt, mon père avait hypothéqué sa maison et ses terrains, ce qu'il avait de plus cher au monde. Il en était capable, pour son ami. De temps à autre, il lui donnait aussi de l'argent pour payer les factures, ma mère me le racontait en secouant la tête, quand elle était encore en état de comprendre. Comme si on en avait de reste, disait-elle. Cependant, mes parents parvenaient à mettre de côté une partie de leur retraite, ils dépensaient peu grâce au potager, aux poulets et aux lapins. En revanche, Osvaldo a multiplié ses dettes au fil des ans, il se peut que la Shérif ne soit pas au courant de tous ses emprunts. Aujourd'hui encore, ses créanciers nourrissent des rancœurs ténues mais persistantes. Ils se parlent entre eux, toi quand est-ce qu'il doit te rembourser, et dans leurs propos Osvaldo n'est plus l'homme grand et droit d'autrefois.

Mon père me demande de l'aider. Quand il a de ses nouvelles, il est désolé pour lui. Je suis sûre que Doralice ne soupçonne pas les difficultés de ses parents, ils tiennent à ce qu'elle trouve tout en ordre, quand elle revient. À elle, son père ne demande pas d'argent, ce serait trop humiliant.

Je rouvre le mail, parcours rapidement le texte, jusqu'à la somme. Je la relis plusieurs fois, en comptant les zéros. Je ne crois pas à ces soixante mille euros proposés par Geri Spezzaferro. C'est plus du double de ce à quoi je m'attendais pour un terrain couvert de ruines, comme l'appelle mon père. Lui, surtout, n'y croira pas. Tu as mal lu, me dira-t-il. Personne ne fait jamais de cadeaux.

7

Je ne pouvais pas le chasser. Il est venu sans rendez-vous, des radios et des rapports médicaux dans une main, l'autre appuyée sur une canne en bois. Et une douleur qu'il ne supportait plus à la hanche droite. Les quatre pas pour traverser la salle d'attente et venir me parler, il les a faits en boitant.

« Tu es la fille de Rocco, ton père est un ami à moi. Il faut que tu fasses quelque chose, j'attendrai. »

Je ne l'avais pas vu depuis des années, mais je l'ai reconnu. C'est le plus âgé des bergers, mon père le respecte.

« Je te prends en fin de matinée, après mes rendez-vous. »

Il a préféré s'asseoir plutôt qu'aller se promener dans son état. Je suis retournée à côté de la dame étendue sur la table d'examen en réfléchissant à quel rendez-vous décaler pour ne pas le faire attendre trop longtemps. Finalement, le jeune homme de midi a annulé de lui-même.

Ainsi, c'est Achille qui s'est allongé sur la table d'examen, à midi. Je lis son diagnostic : ostéonécrose de la tête fémorale, épanchement articulaire. L'orthopédiste prescrit de la magnétothérapie et des ultrasons, pour le moment.

« Il fallait que ça me tombe dessus, alors que je passe mon temps à marcher avec mes moutons. »

En plaçant le solénoïde sur sa hanche, je lui demande combien il en a encore.

Une cinquantaine. Il n'a jamais laissé tomber, c'est son travail depuis toujours.

« Ton père m'aime bien, il me laisse les emmener paître sur ses terres et il refuse toujours l'argent. J'essaie de payer ma dette en lui donnant du fromage. »

C'est le meilleur que j'aie jamais mangé. Je règle le minuteur et l'écoute. Maintenant, il faut se battre, il a besoin d'être immédiatement remis sur pied. Je le préviens que ces appareils ne font pas de miracles.

« Se battre pour quoi ? »

Ils ont organisé une manifestation. Seuls, les bergers ne sont pas assez, ils ont appelé les écolos à la rescousse. Une manifestation, mais où, et pourquoi ? Au Dente del Lupo, Achille s'étonne que je ne sois pas au courant. Pourtant, mon père a été prévenu. Il y a des gens bizarres qui se baladent là-haut, depuis quelque temps. Certains sont certainement géomètres, ils placent leur engin sur le trépied, prennent des mesures. Ces derniers jours, ils ont même clôturé des lopins de terre. Puis un nom grince entre les dents d'Achille : c'est Geri qui veut accaparer la montagne.

Le minuteur se met à sonner, le solénoïde tremble entre mes mains. Nous passons aux ultrasons, il doit se déshabiller en partie. Combien ça va durer, ça ? Mal ou pas mal, il est pressé de repartir voir ce qui se passe, s'il y a du nouveau.

« Ton père n'a jamais rien compris à Osvaldo. »

Je déplace la tête de l'appareil à ultrasons en cercles sur sa peau luisante de gel de contact, les phases de cette histoire qui a commencé malgré moi se mélangent. Les signatures chez le notaire, le mail du groupe Spezzaferro.

« Par chez nous, on n'avait jamais vu de prés cadenassés. Maintenant, on ne peut plus y mener paître les bêtes ni cueillir les champignons. »

On étouffe, je me lève pour ouvrir plus grand la fenêtre. Il faut que je me décide à parler à mon père. Je fais tourner à nouveau la tête de l'appareil sur la hanche malade d'Achille, jusqu'à ce qu'il sente un peu de chaleur.

« Je vais monter voir ça moi aussi », lui dis-je.

Les ultrasons sont finis, j'éteins la machine. Je consulte l'heure, ma première patiente de cet après-midi s'énerve au moindre retard, mais je dois y aller. J'annule son rendez-vous par message. Alors trouvez-moi un créneau en fin d'après-midi, me répond-elle immédiatement, je ne peux pas rester avec le cou bloqué. J'écris à Amanda de se faire à manger toute seule et je roule à toute vitesse vers le Dente del Lupo comme si j'étais en train de le perdre. Sur la route, je cherche dans la boîte à gants un bonbon pour tromper mon ventre vide. Je me demande ce qu'Achille entendait, à propos d'Osvaldo. Peut-être que Geri a déjà acheté les terrains adjacents. Mais ils me l'auraient dit, quand ils sont venus me voir. Je suçote mon Ricola, perplexe.

Une file de voitures s'étire au niveau du cabanon, je me gare derrière et me dirige vers les voix animées. Sur l'herbe, le plus gros troupeau que j'aie jamais vu, les bergers ont dû réunir tous leurs moutons. Une banderole est fixée sur le portail du camping : LA MONTAGNE AUX BERGERS, LES SPÉCULATEURS DÉGAGEZ. L'esplanade est noire de monde, les gens écoutent debout un homme parler de l'avenir de ces terres en altitude dans une posture de politicien. Nous n'avons pas besoin d'un tourisme prédateur, clame-t-il. Je suis étonnée de la passion qu'il y met. Tout à coup, cet endroit méprisé, qui porte la poisse depuis trente ans, ressuscite et a même un avenir.

Il y a également des personnes des villages alentour, j'ai l'impression de voir la plupart d'entre elles pour la première fois. Je me demande comment quatre vieux bergers ont réussi à rassembler tout ce monde. L'arôme du café se glisse dans nos narines, alléchant. Un garçon est en train d'en préparer une grosse cafetière sur un réchaud. Achille fait une déclaration à la télé locale.

« Du plus loin que je me souvienne, les moutons ont toujours brouté où ils voulaient. »

C'est Elsa, ma camarade de lycée, qui l'interviewe. Elle me salue de la main. Regardez là-bas, crie Achille, et il indique de sa canne un terrain clôturé. Un homme s'y trouve, il répond à son geste en agitant son chapeau. Il coupe le grillage, commence à l'écarter. Deux bergers poussent leur troupeau dans cette direction par des sifflements, des cris gutturaux et avec l'aide de leurs chiens. Tout le monde quitte l'esplanade et descend par là, Elsa se précipite pour filmer la scène. Elle se prend le pied dans une touffe d'herbe mais évite la chute, bien du temps a passé depuis l'époque où nous faisions de la gymnastique dans la salle de sport du lycée.

Achille mène la danse, parfois il lève sa canne, la remue. A-t-il oublié sa hanche douloureuse, ou alors a-t-il a exagéré sa douleur ? Je le suis à distance. Le trou dans le grillage s'élargit, le panneau PROPRIÉTÉ PRIVÉE tombe par terre. Les premiers moutons le piétinent en entrant, puis tout le troupeau s'écoule sur l'herbe, acclamé. Je reconnais des habitants du village, les membres du club alpin. Il ne manque qu'Osvaldo et mon père. Ces gens me font peur, si je vends mon terrain, je les aurai tous à dos. Une tête se tourne dans un mouvement flamboyant. Les rayons du soleil attirés par les cheveux de ma fille. Pendant un instant, Amanda sourit de toutes ses dents, depuis combien de temps n'avais-je pas eu l'occasion de si bien les voir ? Les A majuscules avaient quelque chose de familier. C'est peut-être elle qui a écrit la banderole accrochée au portail du camping.

8

À part Achille, plus personne ou presque n'a adressé la parole à Ciarango après le drame. Mon père ne cherchait pas son contact, mais, quand ils se croisaient par hasard, il s'arrêtait pour le saluer et échanger quelques mots sur la sécheresse ou le prix trop bas des agneaux. Les fois où Osvaldo était dans les parages, il se contentait d'un signe de tête.

Au procès, Ciarango a été innocenté, il n'avait pas caché le garçon. La sentence lui a seulement permis d'éviter la prison. Dans la salle de tribunal, le juge l'a disculpé, mais pas les gens dehors.

Mon père a toujours pris sa défense. Ce n'est pas lui le coupable, répétait-il. Pourquoi il devrait payer pour quelqu'un d'autre ?

L'été d'après le crime, les bergers ont recommencé à organiser la fête des moutons à Campo Imperatore. Ils se sont réunis aux tables du cabanon, personne n'avait convié Ciarango. Achille a dit qu'il n'était pas juste d'exclure comme ça celui qui remportait le premier prix chaque année. Dès qu'Osvaldo a entendu son nom, il s'est fâché tout rouge. À l'époque, Doralice passait encore tout son temps dans sa chambre.

« S'il participe, je n'y vais pas », et Osvaldo s'est bruyamment levé de sa chaise.

À côté, il y avait mon père, qui l'a fait rasseoir en le prenant par le bras. Il s'est souvent retrouvé entre eux deux, parfois tiraillé, hésitant à soutenir l'un ou l'autre. En fin de compte, c'était toujours Osvaldo qui l'emportait dans son cœur.

Ciarango descendait plus rarement de sa cabane. Il ne se nourrissait que de fromage et de fruits sauvages, il buvait aux sources. Il avait renoncé à sa famille, désormais. Sa femme aurait voulu qu'il soit à la maison au moins le samedi, mais les vêtements propres qu'elle lui laissait pliés sur la commode restaient là pendant des semaines. Les gens qui tombaient sur lui dans la hêtraie prenaient peur face à cette silhouette qui, peu à peu, perdait figure humaine.

Un autre été est venu, puis un autre encore, mon père est monté à la cabane un matin de juin. Il l'a trouvé agenouillé à côté de son cheval couché. Qu'est-ce que tu as fait, Tonnerre ? murmurait Ciarango en passant ses doigts noueux sur sa robe. Il caressait sa vieille cicatrice, le coup de patte d'un ours reçu sur la ganache. Tonnerre avait la panse enflée et une écume jaune à la bouche, les mouches étaient sur lui, féroces. C'était son seul compagnon. Quand mon père s'est penché pour le toucher, il était encore chaud. Ils ont creusé ensemble la fosse à côté de son corps si massif, la bêche et la pioche perdaient leur tranchant contre les pierres. Cela leur a pris des heures, sous le soleil brutal de la montagne, le chagrin anéantissait les forces de Ciarango. Ils ont dû utiliser deux pieux en bois comme leviers pour mettre le cheval en terre. Les larmes de Ciarango tombaient sur la dépouille, pendant qu'il l'ensevelissait.

« Il a passé beaucoup d'années avec toi, laisse-le partir », lui a dit mon père.

Il ne l'imaginait pas capable de verser tous ces pleurs, qui mouillaient sa barbe.

Dans les mois qui ont suivi l'enterrement de Tonnerre, ils ne se sont pas vus. Les autres bergers non plus ne le croisaient pas sur les pâturages, il restait davantage en altitude que tous les autres. Le mois d'octobre était bien avancé quand mon père est monté pour lui parler de quelqu'un qui vendait un bon cheval de trait. Ça pouvait peut-être l'intéresser. Il faisait très froid à la cabane, sur le toit une fine couche de neige. Ciarango ne se décidait pas à quitter la montagne. Il n'a même pas répondu, après Tonnerre il ne pouvait pas y en avoir d'autre.

« Il est temps que tu descendes, tu n'es plus un jeune homme. »

Ce sont les derniers mots qu'il lui a adressés. Quelques jours après, les chiens de Ciarango ont gratté à la porte de chez lui, nerveux, ils ont jappé jusqu'à ce que ses enfants réagissent. Infarctus, selon la version de sa famille. Il paraît qu'ils l'ont trouvé pendu à la poutre du refuge. On n'a aucune information sûre, a déclaré mon père. Je n'arrivais pas à croire que le cow-boy, comme je l'appelais avec Doralice, soit mort. Selon les mauvaises langues, il n'avait pas pu faire ça tout seul. Mais c'étaient des racontars au bar de la place, des délires de retraités qui avaient beaucoup de temps à perdre et s'inventaient des histoires entre deux parties de *briscola*.

On a glissé son couteau préféré, au manche en corne, dans son cercueil. Costume de bonne facture, barbe et cheveux coupés.

« Mort, il a retrouvé un visage humain, a dit mon père. C'est lui qui a payé notre erreur à tous. »

Parmi les bergers qui manifestent aujourd'hui au Dente del Lupo, personne ne pense plus à Ciarango ni ne prononce son nom. Ces vingt dernières années ont été rudes pour eux. Beaucoup ont vendu leurs bêtes au rabais, les plus jeunes sont partis travailler à l'usine. Ils ne voulaient pas puer le mouton.

Le grillage est sur l'herbe, le troupeau broute librement. Il se déploie en éventail, s'achemine vers le camping. Je m'approche d'Elsa qui le filme avec sa caméra. Elle s'interrompt et me regarde.

« Il n'était pas à ton père, ce camping ? »

Je m'étonne qu'elle s'en souvienne, elle ne venait jamais à la montagne avec nous. Sans attendre la réponse, elle se remet à filmer, maintenant elle cadre Achille et la foule. Cet endroit n'avait pas attiré autant de monde depuis la nuit du drame. Au bout d'un moment, les gens se sont de nouveau endormis, dans la vallée. Ils n'ont pas oublié, simplement ils se sont tus.

Un chien de berger s'approche un peu trop. Tout à coup je suis fatiguée, affamée, et l'herbe autour de moi doit être infestée de tiques. J'ai peur de ce gros chien blanc, du choix que je dois faire. Je salue Elsa, elle me dit tu vas où, attends. Je rejoins la route et je tombe sur mon père, qui ferme la Brava et met la clé dans sa poche. Il avance dans ma direction d'un pas vif. Pendant un instant, la colère me brouille la vue, je le vois flou, il flotte sur ses jambes. Calme-toi, respire. Il regarde la foule, le troupeau, il ne m'a pas remarquée.

En fait, si : « Qu'est-ce qu'il fait, Achille ? » me demande-t-il, arrivé à quelques mètres.

Du calme, rappelle-toi qu'il est vieux. « Il manifeste, Achille, je lui réponds. Il manifeste contre Geri qui est en train d'acheter la moitié de la montagne. Il avait déjà clôturé, là, tu vois ? »

Le ton de ma voix monte malgré moi. Il observe le grillage abattu d'un air inexpressif. Toi, comme d'habitude, tu n'étais au courant de rien, j'insiste. « Tu ne lui aurais pas promis aussi notre terrain, des fois ? »

Il est tout proche maintenant, je distingue le noir absolu de ses pupilles. Il me fixe sans se démonter. « C'est déjà pas mal si je tiens mes propres promesses. Je ne vais pas m'amuser à en faire à ta place. »

9

Amanda ne veut plus entendre parler de réveil. Le soir, je lui rappelle toujours de le mettre, elle doit avoir des horaires fixes, même si c'est à dix heures qu'elle se lève. Parfois elle m'écoute, ou fait semblant pour que je me taise. Puis, le matin, elle l'ignore ou l'éteint, de toute façon je suis au cabinet. Pas le week-end, au moins, exige-t-elle, comme si pour elle ce n'était pas tous les jours dimanche. Nous nous chamaillons chaque soir ou presque sur cette question.

« L'ennui, c'est une peur de bourgeois, répète-t-elle, méprisante. Pourtant, tu viens de la campagne. »

Justement. Moi, je devais me lever tôt, même s'il n'y avait pas de raison. Rester au lit, c'était pour les enfants gâtés, alors il fallait se lever, respirer l'air frais de l'aube.

« Tu ne peux pas me faire payer l'enfance que tu as eue », dit Amanda.

Elle, elle ne se lève que si elle a une raison, et elle n'en a pas.

Débrouille-toi pour en trouver une, j'insiste, et ma fille : Va te faire foutre.

Avec Amanda, l'instinct ne m'aide pas non plus, il a plutôt tendance à me trahir. Je ne peux jamais me détendre, je dois toujours la pousser à se lever, se laver, descendre la poubelle. Mes injonctions sont sans grâce, parfois grossières. Je m'y perds, je ne sais pas si je parle à la petite fille qui tarde à disparaître ou à la femme qu'elle sera. À quel moment les enfants commencent-ils à être vraiment grands ? Je doute d'être capable de l'identifier.

Puis je la découvre soudain en train de manifester dans ce pré au Dente del Lupo. Qu'est-ce qu'elle fait là ? Qui l'a informée, comment est-elle venue ? Comme d'habitude, je n'étais au courant de rien. Elle ne s'ouvre pas à moi.

Elle s'est mise pieds nus, en tailleur. Elle participe, mais sans se départir de son air toujours un peu décalé. Ils scandent en chœur : « A-CHIL-LE, A-CHIL-LE ». Devant moi, Elsa les filme, les bergers et les jeunes. Un gros plan sur Amanda, yeux et cheveux en évidence. Je la regarde moi aussi, sur l'écran et en vrai.

Un « oh ! » à mon oreille me fait sursauter.

« Ce ne serait pas ta fille ? »

Mon père n'était pas parti, il faisait son tour. Comme si elle l'avait entendu, Amanda se tourne dans notre direction, nous voit. Joignant le bout de ses doigts, c'est elle qui nous demande ce qu'on fiche là et ce qu'on veut.

Son grand-père fait semblant de la menacer en fendant l'air de sa main.

« Si ça continue, ils vont porter Achille en triomphe », marmonne-t-il entre ses dents. Et à moi : « Qu'est-ce qu'elle a à voir avec les bergers, Amanda ? »

Il semble davantage curieux qu'en colère contre elle. Un jour, je lui ai demandé comment ça se faisait qu'il soit si souple avec sa petite-fille. Ce n'est pas ma fille, a-t-il répondu. C'est moi, sa fille. Il ne m'a pas été facile de m'opposer à lui, et c'est un processus encore en cours. Je n'ai pas toujours réussi à le faire, mon père a parfois eu raison de ma vie.

Ils se lèvent, se dirigent en groupe vers le camping avec une banderole, allez savoir ce qu'ils ont en tête. Amanda remet ses chaussures, enlève un gratteron accroché à son pantalon. En suivant le mouvement, elle s'approche de nous. C'est quoi cette comédie ? lui demande son grand-père du regard, et moi aussi.

« Heureusement qu'Achille parle, sinon je n'aurais pas été au courant. Vous deux, vous ne m'avez pas tout raconté sur cet endroit. Vous n'avez pas l'intention de le vendre, j'espère ? »

Elle a raison, ni moi ni son grand-père ne lui avons dit toute la vérité. Nous ne voulions plus y penser. Je ne croyais pas que ce qui s'était passé à l'époque pouvait l'intéresser. J'ai peut-être eu tort, Amanda est née ici et elle aurait dû être mieux informée. Elle aurait dû connaître les détails de notre histoire.

Et la voilà qui nous fait la leçon sur ce ton pédant qui me surprend et me plaît. Elle envoie des signaux de vie, d'une vie secrète qui coule en elle. Nous l'observons suivre les autres d'un pas rapide, puis nous nous regardons, mon père et moi.

Tous ces jeunes au Dente del Lupo me rappellent les soirées estivales où l'on bavardait en buvant de la bière après être montés ici sans rendez-vous précis, mais sûrs de nous y retrouver. Nous fuyions la chaleur lourde de la vallée, assis aux tables de la Shérif nous laissions la nuit se consumer. Parfois, quelqu'un montrait une étoile filante qui s'éteignait sur les sommets.

Si Doralice était ici, elle ne serait pas d'accord avec Osvaldo, je crois. À une époque, elle a dû haïr tous les bergers, mais tant de temps a passé. Peut-être qu'aujourd'hui elle soutiendrait Achille. Peut-être qu'elle ne sent plus grouiller tous ces asticots sous la terre.

LA FUITE

1

Il n'y avait personne en vue. La ferme était encore suspendue dans l'humidité du matin, une vapeur blanche s'élevait du fumier. Les carabiniers ont vérifié : la porte de la maison était fermée, la clé dans la serrure, et pas de voix à l'intérieur. Osvaldo et mon père ont fait le tour de l'étable, à la recherche de quelqu'un. Ciarango, toujours derrière, s'est arrêté pour regarder un tracteur. Là, a dit mon père en indiquant le fond de la cour qui se transformait en champ, puis en forêt. La forêt d'où elle était arrivée.

On l'avait étendue sur une charrette, avec une couverture pour la réchauffer. La femme lui lavait le visage et les mains à l'aide d'un linge mouillé. Quand le tissu devenait rouge, elle le trempait dans l'eau d'une cuvette puis l'essorait dans son poing. Elle a entrepris de lui enlever des cheveux une brindille épineuse qui barrait en partie son front. Doralice a dû voir les traces de sang et lui a demandé : «Je vais mourir ?»

Elle n'a rien dit d'autre, pas même à son père, qui s'est penché sur elle en sanglotant.

« Non, ma fille, tu ne mourras pas de ça, a répondu la femme en la libérant des épines.

– Je vais sur la route à la rencontre de l'ambulance, ils ne vont pas trouver le chemin jusqu'ici », lui a murmuré son mari.

Mais les carabiniers s'en sont occupés. Ils parlaient avec Capasso par radio. À la ferme des Trignani, chef. Les blessures n'ont pas l'air graves, mais elle est en état de choc. L'interroger maintenant, non. Ils viennent de Teramo, on les attend.

Doralice était immobile, par moments elle tressaillait, la couverture et la charrette aussi, des quintaux de fer.

« Où tu as mal, Doralì ? » lui demandait alors Osvaldo en lui serrant la main.

Pas de réponse, et ces yeux écarquillés. Osvaldo a passé son index devant, dans un sens puis dans l'autre, ils n'ont pas suivi son doigt. Mais elle a bu quelques gorgées de l'eau sucrée que la femme a approchée de ses lèvres.

Mon père à côté de son ami ne savait pas comment l'aider, tiraillé entre le soulagement de l'avoir retrouvée et le choc de la voir dans cet état.

La paysanne n'a jamais oublié la fille arrivée dans sa cour à la fin de cet été-là. Elle venait de se lever et enfilait ses bas quand elle avait entendu les cris : Au secours, aidez-moi.

2

Nous avons acheté les journaux pendant des semaines. Le fourgon arrivait avant l'aube au kiosque, il en déchargeait des piles et des piles ficelées. Tout le village s'est soudain mis à lire les quotidiens, les hebdomadaires, nous regardions les informations à la télé. Certains conservaient les pages où figuraient les noms de notre région. Nous n'avions jamais été au cœur d'aucune rubrique, pensez-vous celle des faits divers. Le lieu-dit perdu du Dente del Lupo est devenu familier aux Italiens, la falaise de Pietra Rotonda s'est muée en arrière-plan fixe des reportages sur « le massacre », c'est ainsi que les journalistes l'appelaient. D'autres reporters préféraient être filmés devant le portail fermé du camping, les scellés en évidence. Ils montraient l'intérieur, où Virginia et Tania Vignati avaient passé leurs dernières nuits dans la canadienne bleue. Cependant, après avoir parlé une minute des deux sœurs, toute leur attention se concentrait sur elle, la rescapée. Dans *Il Corriere Adriatico*, on l'appelait *la biche*, qui avait fui le monstre à travers la forêt. Ils voulaient l'interviewer mais la Shérif ne laissait personne approcher de sa fille, ni à l'hôpital ni après, chez eux. Elle aurait été capable d'égorger quiconque essaierait.

Comment a-t-elle fait pour s'en sortir ? se demandait-on. Je me posais la même question. J'étais sûre que je serais morte, à sa place. Dans le noir, j'aurais capitulé devant la peur. Mon esprit aurait cédé à l'appel de cet autre esprit qui me cherchait.

Un membre du club alpin a reconstitué le parcours de Doralice dans la nuit : ici elle s'était agrippée à la paroi pour descendre, là elle s'était laissé emporter plus bas par les pierres de l'éboulis. Selon Dario, elle était forcément passée par la Scaglia, et, peut-être sans le savoir, devant le coin des sangliers. La lune avait un peu éclairé sa fuite, mais aussi la traque de l'autre.

La deuxième chaîne a diffusé un reportage à la ferme des Trignani. Le paysan a montré la charrette abandonnée contre laquelle Doralice s'était appuyée pour pousser ce cri. Au secours, et il s'était tourné, il l'avait vue tomber à genoux, puis de tout son long. Il a mimé la chute devant la caméra. Sa femme a décrit les blessures en les indiquant sur ses propres bras, elle a touché sur sa hanche le point d'entrée de la balle qui avait traversé Doralice sans la tuer.

« Je croyais qu'elle allait me mourir ici, mais je lui ai donné du courage », a-t-elle dit en tapant du plat de la main sur le plateau en fer de la charrette où ils l'avaient étendue.

Mon père avait été tout près de cette charrette, avant que l'ambulance arrive. Ça m'a fait bizarre de le revoir à l'écran. Il avait entendu Osvaldo qui demandait à sa fille : Qui est-ce ? Et elle, muette, le regard fixe.

La paysanne a déclaré que c'était par la grâce de sainte Colomba que Doralice s'en était tirée. Dès qu'elle était sortie de la forêt, la chapelle lui était apparue. Elle était fermée, certes, mais à l'intérieur il y avait cette relique et elle était puissante. Elle l'avait protégée de l'assassin, elle avait arrêté l'hémorragie. Pourquoi la sainte n'avait pas sauvé les deux autres filles aussi, ça, elle ne l'a pas expliqué.

Au camping, leur tente est restée montée deux semaines, seule. L'unique famille encore présente le jour du drame avait eu l'autorisation de partir juste après la découverte des corps.

C'est mon père qui a ouvert le portail aux parents de Tania et Virginia, quand les scellés ont été levés. Osvaldo, c'était mieux qu'il ne se montre pas. Il avait tenté de les approcher, à la morgue. La mère avait accepté ses condoléances, inerte, sans même comprendre qui il était. Son mari la soutenait par le bras.

« Vous n'avez pas été capable de protéger nos filles », a-t-il dit à Osvaldo en ignorant sa main tendue.

Avec le vent, la tente s'était affaissée, il a fallu la redresser pour que le père des filles puisse ouvrir la fermeture Éclair. À l'intérieur, tout était resté comme je l'avais vu cette nuit-là, presque prêt pour le départ. Des fourmis partout, attirées par un paquet de crackers à moitié entamé. Leur mère a juste jeté un coup d'œil, puis elle s'est assise dans l'herbe. Il a secoué les duvets pour en faire tomber les fourmis et les a roulés. Il a feuilleté quelques pages du livre que Tania étudiait et l'a glissé dans un sac. Avec l'aide de mon père, il a porté les sacs à dos et le reste à la Renault 4. Enfin, la tente a été repliée. Un instant de flottement quand il a ouvert la voiture de sa jeunesse qu'il avait passée à ses filles. C'étaient elles qui avaient accroché le pantin jaune au rétroviseur central.

Il est revenu sur ses pas, auprès de sa femme assise dans l'herbe qui écoutait les oiseaux. J'ai fini, allons-y, lui a-t-il dit. Une autre voiture les a ramenés à l'hôtel, au village. Au bout de quelques jours, la Renault 4 a disparu du Dente del Lupo, quelqu'un l'a conduite jusque là-haut, chez eux, à Bomporto.

Ils ont encore passé quelques jours ici, puis ils sont revenus pour l'ouverture du procès.

De l'hôpital de Teramo, la rumeur, partie d'une infirmière, a circulé de bouche en bouche jusqu'à nous : pendant son tour de garde, Mme Vignati était allée voir Doralice. C'est le seul moment où la Shérif a quitté son chevet et a attendu devant la chambre. La femme n'est pas restée longtemps et elle avait déjà séché ses larmes quand elle est sortie. Sans aucun doute, elle l'avait questionnée sur les dernières heures de vie de ses filles, mais seules Doralice et elle savaient ce qu'elles s'étaient dit. Encore fallait-il croire le récit de l'infirmière. Selon les gens, c'était une pauvre femme qui inventait des histoires pour se donner de l'importance. Cette dame ne tenait même pas debout, tu parles si elle serait allée discuter avec la rescapée, elle qui avait perdu deux filles.

Doralice a passé une dizaine de jours à l'hôpital, plus pour la préserver du tapage que par nécessité. Les plaies sur sa peau guérissaient vite, même si la lésion de la hanche a demandé plus de soins. Des lettres et des petits cadeaux en tout genre lui parvenaient : chocolats, peluches, pin's porte-bonheur. La Shérif jetait les fleurs en trop, donnait les friandises aux infirmières, fourrait tout le reste dans un sac pour l'emporter à la maison quand elle rentrait se changer. Doralice ne voyait même pas ces objets. Elle n'a jamais ouvert le courrier. Un garçon lui écrivait tous les jours de Sicile, l'appelant « mon héroïne », il voulait l'épouser dès qu'elle se serait remise. Comment quelqu'un pouvait être au courant du contenu de ces enveloppes pastel, c'est un des nombreux petits mystères de cette période.

Je savais que la Shérif ne laissait entrer personne dans la chambre d'hôpital. Elle aurait peut-être fait une exception pour moi, toutefois je ne me sentais pas prête. J'étais lâche, mais moi aussi j'avais besoin de me remettre. Je n'allais pas ajouter une lettre à toutes celles que Doralice ne lisait pas. J'irais la voir chez elle, après, me promettais-je. Nous nous retrouverions là-bas.

Mon père croisait Osvaldo, il lui demandait comment elle allait. Toujours la même réponse : Bof.

Il nous l'a dit un soir devant la soupe. « Je ne crois pas que Doralice s'en remettra. »

Il l'avait entendue, encore couchée sur cette charrette, prononcer dans le hululement des sirènes le nom qu'Osvaldo lui avait demandé : Vasile.

3

Nous pouvions dire que nous le connaissions, Doralice et moi, ou en tout cas que nous l'avions vu plus d'une fois cet été-là. Je ne sais pas exactement quand il était arrivé en Italie, clandestinement. Ciarango l'avait embauché environ deux ou trois ans avant. Un type dans le besoin, répondait-il quand on lui demandait qui était cet étranger. Lorsque le travail était fini à la cabane, certains soirs il l'amenait avec lui au cabanon de la Shérif, boire une bière. Il montait Tonnerre, l'autre le suivait sur la mule dont ils se servaient pour transporter les bidons de lait.

Doralice et moi le regardions, nous avions l'impression qu'il avait notre âge. C'était le cas. Lui aussi nous regardait, en silence, des yeux bleus sous une mèche tirant sur le blond. Il gardait la bouteille glacée entre ses mains et n'échangeait que quelques mots en dialecte avec Ciarango, qui les lui avait appris. Ils étaient tous deux aussi sales, ils dégageaient la même odeur de bête. Les hommes colportaient des médisances, Doralice les entendait sur l'esplanade : le garçon aussi s'accouplait avec les brebis.

Il y en avait d'autres comme lui, éparpillés dans les montagnes, au service des bergers. Ils dormaient dans les cabanes et passaient tout leur temps avec le troupeau. Parfois, le samedi, ils se lavaient et se rasaient pour aller au village, il m'arrivait de les voir dans le bus. J'avais croisé Vasile, un jour, je savais déjà qu'il s'appelait comme ça. Je rentrais à la maison et lui au Dente del Lupo, il descendrait au dernier arrêt et poursuivrait à pied sur un bon bout de chemin. Il était assis seul côté couloir, deux rangées devant moi, il examinait ses emplettes. Des rasoirs, ai-je vu du coin de l'œil, de la mousse à raser. Il a senti ma curiosité, il a repoussé ses deux achats au fond du sac et l'a noué.

Quand Doralice a prononcé son nom, Osvaldo n'arrivait pas à y croire. Il s'est tourné vers mon père et a attendu que la sirène de l'ambulance arrête de retentir dans la cour des Trignani.

« Vasile ? » a-t-il répété à sa fille.

Il le connaissait mieux que nous, à quelques reprises il lui avait offert à boire au cabanon. Le temps que Doralice confirme en plissant les yeux, le médecin était déjà à son côté. Sur le moment, Osvaldo a dû douter d'elle. Elle le confondait peut-être avec quelqu'un d'autre. Vasile n'était pas méchant. Et puis ces types se ressemblaient tous, taciturnes, le regard froid.

Le seul à qui il pouvait demander était Ciarango, qui était là, assis par terre, contre l'étable. Osvaldo s'est approché, il le dominait de toute sa stature.

« Il s'appelle comment, ton employé ? » lui a-t-il demandé.

Sa bouche a remué dans sa barbe, comme s'il s'apprêtait à parler, puis un silence délibéré a suivi.

« Tu le sais qu'il s'appelle Vasile », a-t-il fini par répondre.

Mon père s'était approché. Osvaldo était pressé, il jetait des regards vers le groupe qui s'affairait autour de sa fille. Ils lui avaient pris la tension, ils se préparaient à la transporter dans l'ambulance. Alors, il lui a posé la question à brûle-pourpoint.

« C'est toi qui lui as donné le pistolet ? »

Ciarango l'exaspérait par la lenteur calculée de ses réponses. Non. Il aurait bien voulu savoir ce qu'il fabriquait, cet enfoiré, vu qu'il avait disparu depuis la veille avec Tonnerre. Pause. Et il ne lui avait absolument rien donné, à part du pain et du fromage. Non mais c'était quoi, ces questions ? À la montagne, tout le monde se baladait armé pour se défendre des loups et des chiens retournés à l'état sauvage. Lui, Osvaldo, il n'était pas le premier à aller dans la hêtraie avec son fusil à l'épaule, peut-être ?

« J'ai parlé de pistolet, pas de fusil. »

Fusil, pistolet, pour Ciarango c'était pareil. Le pistolet

était plus pratique si tu devais effrayer une bête, non ? Beaucoup de bergers en avaient.

Doralice était sur la civière, le médecin lui parlait, sans aucun doute pour la rassurer. L'ambulancier était prêt, d'un geste il a invité Osvaldo à monter. Alors, mon père s'est adressé à Ciarango, sans colère : « Vous avez eu tort, toi et les autres, d'embaucher ces étrangers et de les laisser seuls avec vos bêtes. »

Ils ne le trouvaient pas, ils l'ont longuement cherché sur les sentiers, dans les pâturages et les cabanes. Au refuge, sa veste pendait à un clou planté dans le mur. Dehors, les brebis erraient, rendues nerveuses par leurs pis gonflés de lait et douloureux. Elles n'avaient pas été traites depuis plus de vingt-quatre heures. Et Ciarango ne pouvait pas s'occuper d'elles, avec tous ces carabiniers et policiers qui retournaient ses affaires. À un moment, le carabinier a montré à l'adjudant quelque chose dans la paume de sa main : des balles. Alors, ils ont commencé à cuisiner Ciarango pour de bon.

Mais qu'est-ce qu'il avait à voir là-dedans, puisqu'elles appartenaient à son employé ?

Il ne racontait pas la vérité, c'était évident, et il la nierait encore pendant des jours. Il leur a répété l'histoire de la montagne pleine de bêtes sauvages et des bergers toujours armés. Les carabiniers devaient le savoir, quand même !

Quelle journée est-ce que ça a été, pour moi ? J'étais restée au Dente del Lupo, les informations me parvenaient de manière fragmentaire, brouillonnes, démenties. Elles se propageaient par vagues parmi la foule de journalistes et de curieux. Depuis le matin tôt, des gens étaient montés du village, certains avaient même quitté leur travail pour ne rien rater des dernières nouvelles.

J'étais avec la Shérif quand elle a répondu au téléphone. Après ce coup de fil, elle tremblait tellement qu'elle n'arrivait pas à raccrocher. Elle est vivante, m'a-t-elle dit. Elle s'est agenouillée devant l'image de la Vierge et l'a remerciée mille fois. Le combiné a glissé du téléphone mural et est resté suspendu dans le vide, oscillant doucement, la voix d'Osvaldo s'en échappait encore : Allô ? Nunziatì ? Je me suis penchée au-dessus d'elle et l'ai enlacée par-derrière, je n'arrivais pas à immobiliser ses grosses épaules secouées de pleurs. Peu après, elle s'est ressaisie, elle devait accourir auprès de sa fille.

J'ai raccroché le combiné. Une sensation de légèreté me soulevait du sol. La peur accumulée au cours de cette si longue nuit s'est dissoute d'un seul coup. Doralice était en vie, ma petite trahison ne lui avait pas été fatale. Je ne lui dirais jamais que j'étais allée à la mer sans elle. Après tout, ce sont des choses qui peuvent arriver, entre amies.

Moi aussi j'étais en vie. J'aurais pu aller en montagne avec elles. Elle me l'avait proposé : Viens, on se fait une balade, avant que le mauvais temps arrive. Ce qui était arrivé à Doralice ou aux deux autres filles, ça aurait pu m'arriver à moi.

4

C'est Tonnerre qui l'a trahi. Ce n'était pas n'importe quel cheval. Un randonneur l'avait vu à Campo Imperatore, dans la lumière de l'après-midi. Pas de très près, mais suffisamment pour remarquer la longue cicatrice qui traversait sa ganache. Il était monté par un jeune homme aux cheveux clairs, lui avait-il semblé, mais il n'en était pas sûr à cause du contre-jour. Cela n'avait duré qu'un instant, un galop effréné dans la prairie dorée.

L'homme enlevait ses chaussures de marche à côté de sa voiture. Il a alors entendu à la radio que dans l'affaire du Dente del Lupo, on recherchait un homme à cheval qui avait peut-être des informations. Il a fait demi-tour, suivi la route dans la même direction que ce galop. Il est arrivé à proximité du téléphérique. L'ancien hôtel était fermé, sur un panneau les dates de début et de fin de travaux jamais réalisés. Au rez-de-chaussée, il devait y avoir eu un bar, à travers une baie vitrée sale on voyait le frigo à boissons avec une vieille publicité pour

Coca-Cola. Le randonneur, un militaire à la retraite, a longé le bâtiment à pied.

À l'arrière non plus il n'y avait pas de signe de vie, seulement le sifflement du vent en haute altitude. Puis un bruit l'a fait sursauter : le cheval était attaché à un échafaudage, il chassait les mouches en se fouettant avec sa queue. Il a offert ses naseaux à la caresse. Aucune trace de la personne qui l'avait amené là.

L'homme s'est dirigé vers sa voiture. Devant le bar, l'impression d'une silhouette en mouvement à l'intérieur, mais fugace. Il est resté un instant immobile, plus rien. C'était peut-être son reflet dans la vitre poussiéreuse. Mais le cheval était bel et bien là, attaché à l'échafaudage sur l'arrière. Le randonneur est allé jusqu'à Santo Stefano, il a téléphoné aux carabiniers. Il leur a signalé ce cheval seul, attaché derrière l'hôtel de Mussolini. Dans le coin, on l'a toujours appelé comme ça, depuis que celui-ci y a été prisonnier.

L'adjudant Capasso a rassemblé une équipe en quelques minutes, trois voitures sont parties du Dente del Lupo. Ils se sont arrêtés avant, pour ne pas être vus, parcourant le dernier tronçon à pied, puis ils ont encerclé l'hôtel. Capasso dirigeait ses hommes par des gestes, à l'arrière le cheval n'était plus là, mais un agent a remarqué la présence de crottin frais devant la baie vitrée. Une minute après, ils étaient à l'intérieur. Ils ont inspecté en silence les couloirs et les cuisines, la buanderie. Derrière la porte de la chaufferie, les carabiniers ont entendu Tonnerre souffler par les naseaux. Le cheval était debout, nerveux, et lui assis par terre, il n'a pas opposé de résistance. Ils en avaient parcouru, du chemin, pour aller jusque-là.

Ce qui s'est passé ensuite dans ce local, on ne l'a jamais su avec certitude. Ils ont dû ranger leurs armes, faire sortir le cheval. Puis, certainement que l'un d'eux a perdu les pédales. Quand ils sont redescendus de l'hôtel, il faisait presque nuit. Ils étaient obligés de passer par la route entre le camping et le cabanon de la Shérif, dans la lumière des réverbères. À bord de la première Alfetta, Capasso se faisait complimenter par radio, le plus beau jour de sa carrière.

Des dizaines de personnes s'étaient rassemblées, elles ont accueilli les carabiniers par des applaudissements. Dans la deuxième voiture, les agents essayaient de le couvrir, mais tout le monde a vu son nez tuméfié, ses yeux si enflés qu'ils semblaient fermés, sa lèvre fendue. Ce n'est qu'au procès qu'on a aussi remarqué ses deux incisives cassées, les rares fois où il a ouvert la bouche. Personne n'y a cru, à l'histoire de la chute de cheval, même si c'était ce qu'on racontait.

La foule le réclamait, l'état dans lequel il était ne suffisait pas. Ceux qui étaient le plus près ont tenté d'arrêter la voiture, ils tapaient sur les vitres. Un coup d'accélérateur, et les carabiniers l'ont conduit en ville.

Mon père m'a trouvée au milieu de l'attroupement, épuisée. Je déambulais, perdue, hésitant à rester encore là. C'était inutile, à présent, mais je n'arrivais pas à partir. Si je m'éloignais un peu, plus rien n'était vrai. Il m'a regardée avec curiosité, comme s'il ne me reconnaissait pas. Lui aussi avait changé, ces deux jours l'avaient amaigri, avaient multiplié les rides sur son front. Dès lors, chaque instant de nos vies est tombé dans un avant ou un après, sans qu'il soit besoin de mentionner le drame.

« Tu ne peux pas rester ici éternellement, va te coucher. Moi je monte chez Ciarango.

– Je t'accompagne, après je rentrerai à la maison avec toi. »

Nous gravissions le chemin de terre en silence, seul un caillou de temps à autre semblait défoncer le châssis de la Ritmo.

« Je me demande comment va Doralice, Osvaldo n'est pas rentré de l'hôpital », a dit mon père.

La concomitance de nos pensées m'a frappée. Je l'imaginais sortir au bout de quelques jours, puis oublier peu à peu. La confiance en son avenir me réchauffait le cœur. J'avais vingt ans, il me paraissait encore si facile de balayer les coups durs. C'était peut-être ma dernière occasion de le croire, ce soir-là, sous les étoiles de la fin août.

Mon père voulait informer Ciarango de l'arrestation, il n'était peut-être pas au courant. Les brebis dormaient dans la cabane, de toute évidence il les avait traites. L'odeur de lait était forte. Nous nous sommes dirigés vers le refuge. Il n'avait pas plu depuis des semaines, et pourtant nos pieds se sont enfoncés dans une boue à laquelle nous ne nous attendions pas. Mon père a allumé sa torche et l'a braquée devant nous. La terre était mouillée, des flaques blanches s'étendaient à plusieurs endroits. Un bidon renversé dans l'herbe, puis un autre, et un autre encore. Il y en avait un tout cabossé, comme si on l'avait tapé contre la roche. Mon père a juré, il a appelé Ciarango, il a crié son nom. Seuls les chiens lui ont répondu. La porte du refuge était grande ouverte et à l'intérieur la table, la paillasse et les quelques chaises étaient renversées. La torche était impitoyable dans le chaos de bouteilles brisées, et lui allez savoir où.

L'étrange respect de mon père pour cet homme m'étonnait. Il mettait son amitié avec Osvaldo en péril, pour lui. En redescendant, il se demandait ce qui lui était arrivé. Qui avait pu mettre son refuge sens dessus dessous ? Nous, les filles, nous étions toujours moquées de lui au cabanon, nous nous bouchions le nez dans son dos. Il attendait l'été pour pouvoir s'éloigner de tout le monde et vivre en montagne, libre, avec les bêtes. Mon père comprenait sa retraite sans Dieu et peut-être même que, parfois, il l'enviait.

Ce soir-là, je me fichais bien de Ciarango. Je n'arrêtais pas de penser au visage de Vasile dans la voiture des carabiniers, deux heures auparavant seulement. Même défiguré par les coups, sa jeunesse sautait aux yeux. Je ne voulais pas encore croire que c'était lui.

Plus personne n'a oublié son visage de gamin, dans la vallée, nous l'avons fixé pour toujours à ce moment précis de sa vie, le même que sur les photographies publiées dans les journaux, à côté du titre : *Le monstre au visage d'ange.*

5

Il n'est pas facile de raconter ce qui s'est passé ensuite. Nous avons perdu le lieu de nos étés sans même le savoir. Des scellés ont été posés au camping, mais c'était la fin de la saison, il aurait de toute manière fermé aux premières pluies. La portée du changement nous échappait, alors.

Nous autres les jeunes ne sommes plus montés au Dente del Lupo, et les membres du club alpin ont arrêté de s'exercer sur la falaise de Pietra Rotonda. Dario disait que ça aurait été trop dur pour lui de retourner grimper là où il avait retrouvé Tania. En revanche, des gens d'ailleurs venaient exprès pour voir l'endroit précis.

Notre lieu de naissance nous avait longtemps protégés, ou alors c'était peut-être une impression trompeuse. Nous avons grandi en une seule nuit.

Il n'est pas facile de parler de Doralice et moi. Après le drame, elle n'est plus sortie de chez elle que pour les audiences du procès. Elle n'en a pas raté une, toujours habillée pareil, un jean et un haut léger ou en laine selon la saison. Les cheveux attachés en une queue-de-cheval qui s'étirait de plus en plus dans son dos. La Shérif et Osvaldo l'accompagnaient toujours, ils tenaient les journalistes à distance, parfois brutalement. Moi, je n'avais jamais le courage de lui rendre visite.

Personne ne s'est étonné qu'elle arrête ses études, pas même ses parents. Au fond, ils n'y avaient jamais vraiment cru, même avant. Ils l'avaient laissée s'inscrire à l'université de Chieti, mais à quoi lui servirait sa licence ? Ils ne pourraient jamais acheter une pharmacie, au mieux elle travaillerait comme employée. Selon la Shérif, autant chercher un emploi comme vendeuse dans une boutique, dans ce cas. Toujours est-il qu'ils ne l'ont pas forcée à se replonger dans les livres. Plus tard, elle a fait cette démarche toute seule, mais au Canada.

Doralice avait des raisons valables. Et moi ? Moi, il ne m'était rien arrivé. J'avais été touchée, comme tout le monde, mais pas personnellement. Et mon amie avait survécu. Pourtant, j'avais perdu mes forces, j'avais les nerfs brisés, ma volonté était réduite à néant. Je passais mon temps penchée sur les mêmes pages sans rien en retenir. Je n'arrivais pas à visualiser les troncs primaires du plexus brachial, dans la région sus-claviculaire.

En octobre, je ne suis pas retournée en cours. Quelques-unes de mes copines de la fac m'ont appelée, j'ai trouvé des excuses. Des problèmes familiaux, je reviendrais bientôt. Ça lui passera, murmurait ma mère, s'épanchant auprès de quelqu'un au téléphone.

J'ai raté mon partiel de neurologie et je n'en ai pas passé d'autres à cette session-là. Mon père a crié une ou deux fois, moins que ce que j'aurais imaginé. C'était ma mère qui le tenait informé de mon état. Un jour, elle lui a dit de me laisser tranquille, que j'étais peut-être en train de faire une petite dépression. Moi, je les entendais.

Certains matins, je réessayais. Réveil tôt, café, manuels et cahiers prêts sur mon bureau. Je recopiais des schémas dans l'espoir de les mémoriser. Je griffonnais autour et dessus, puis les effaçais. J'écrivais *Lucia* çà et là sur la page, jusqu'à ce que mon prénom perde toute signification. Au bout d'un moment, j'avais sommeil. Je posais la joue sur les planches anatomiques et dormais un peu. Quand je révisais à haute voix, allant et venant entre la porte et la fenêtre, ça ne durait pas longtemps. Il suffisait d'un détail pour me distraire, mon père qui démarrait le tracteur dehors, le vent qui soufflait plus fort. Tout ce que j'étudiais était tellement dénué de sens. J'imagine que c'est pareil pour Amanda.

Je sortais, de toute façon il était inutile d'insister. Autour de la maison, des arbres fruitiers de toutes les variétés, ensuite quelques-uns sont morts. Je regardais les feuilles tomber, leur chute était déchirante, cette année-là. Mon père coupait le moteur du Same et me regardait en grinçant des dents. Je l'aidais à cueillir les kakis, lui sur l'échelle avec le seau, moi en bas qui les rangeais dans les cagettes, encore trop verts pour être consommés.

« Attention aux frelons », disait-il.

Ceux-ci perçaient la peau des fruits les plus mûrs et, peu à peu, ils consommaient leur pulpe. S'ils étaient dérangés, ils attaquaient. Un jour, il s'était retrouvé aux urgences, ils l'avaient piqué à la tête.

Sa voix tombait sur mon dos.

« Qu'est-ce qui te prend ? T'as jamais aimé bosser aux champs et maintenant t'es toujours là. Va t'occuper de tes affaires. »

Je n'en avais pas, d'affaires. Tout me glissait entre les mains.

Un matin du début de l'hiver, c'est lui qui m'a demandé de l'aider. On devait enlever les plants du potager, même la saison des tomates tardives était terminée. Mon père sentait la neige arriver, il ignorait en quelle quantité. Cette année-là a été mémorable, y compris pour les chutes de neige. Le Dente del Lupo est resté enseveli jusqu'en avril. Mais ce matin-là de décembre, le soleil, bien que glacial, brillait encore.

Nous avons commencé à arracher de la terre les bambous qui servaient de tuteurs aux plants désormais tout secs. Ils s'affaissaient, avec leurs dernières tomates pourries. Il s'est tourné à mon « Aïe ! », je m'étais coupé la paume avec un bambou fendu. Il a regardé. C'est rien, lui ai-je dit. Il voulait nouer autour de ma main un de ces mouchoirs qu'il avait toujours dans la poche, j'ai refusé.

Je suis entrée dans la maison pour me désinfecter. De la porte sur l'arrière, j'ai entendu ma mère parler avec quelqu'un. J'ai tressailli et me suis immobilisée. Je ne m'attendais pas à entendre cette voix que je connaissais si bien. Une bribe de leur conversation pendant que j'enlevais mes chaussures.

Comment ça allait, Doralice ? Bah… La nuit, toujours la lumière allumée. Elle sursautait dès que quelqu'un approchait.

« Mais au moins avec vous elle se confie, elle raconte ce qui s'est passé ? »

Pas grand-chose. Elle avait été immédiatement touchée et était tombée. Il y avait beaucoup de choses qu'elle ne savait pas. Peut-être qu'un autre homme était arrivé aussi, mais ce n'était pas sûr. C'était un carabinier qui avait dit ça.

J'écoutais la Shérif en retenant mon souffle. Avec tous les racontars colportés cet automne-là, c'était la première fois que j'étais si près de la vérité. À quelques mètres de Doralice, les cris, d'autres coups de feu, les hennissements du cheval.

« Elle a eu de la chance, a conclu la Shérif.

– Pourquoi de la chance ? lui a demandé ma mère.

– Ce n'est pas elle que ce monstre a choisie, il voulait Virginia. »

Si ça avait été Doralice, elle ne serait jamais revenue.

J'ai traîné les pieds dans mes chaussons, le bruit les a interrompues. Elles se sont intéressées à ma main. Je les ai rassurées, c'était juste une égratignure. Je me suis désinfectée et nous sommes restées silencieuses.

La présence de Doralice était si palpable que je pouvais presque sentir son souffle et le parfum sucré qu'elle mettait depuis quelque temps. Je n'ai pas demandé de ses nouvelles.

La Shérif a arrangé ses cheveux de son geste habituel. J'ai remarqué combien ils avaient blanchi, ces derniers mois, combien elle avait vieilli. Les sillons profonds sur les côtés de sa bouche, son double menton flasque. Elle s'est informée sur ce que je faisais, à part aider mon père au potager. Rien, en ce moment. Un échange de regards entre ma mère et elle, elles avaient déjà parlé de moi, assises à cette table. Elle m'a regardée droit dans les yeux, sévère. Qu'est-ce que j'attendais, de trouver un mari qui m'entretiendrait ? Comme les femmes d'autrefois ? Moi qui voulais toujours faire la révolution…

6

Doralice a vu la mort, ce jour-là, mais elle ne l'a pas reconnue. Elle ne savait pas que c'était ce garçon à cheval, arrêté dans la forêt. Il portait un chapeau, peut-être gagné au stand de tir dans une fête de village, et on ne voyait pas ses yeux. Au procès, l'avocat de la défense dirait qu'il n'était jamais allé à aucune de ces fêtes, que ce chapeau en cuir, on le lui avait donné. Tout comme le sac à dos accroché à la selle. Rien ne lui appartenait.

Doralice l'a regardé sans méfiance, de plus près c'était Vasile, l'étranger qui travaillait pour Ciarango. Ça faisait un moment qu'ils n'étaient pas descendus ensemble boire une bière au cabanon. Elle s'est étonnée de ne pas l'avoir entendu arriver. Ou alors peut-être qu'il les attendait déjà là, pendant que ses amies et elle se trompaient de sentier.

Elles étaient montées vers onze heures, à la faveur d'une éclaircie. Tania voulait se reposer, le dernier jour. Sous la tente, presque tout était prêt pour le départ. Le lendemain matin, la longue route du retour chez elles, à bord de la Renault 4. Mais Doralice était passée leur dire au revoir et elles avaient voulu profiter du beau temps. Elles pouvaient sortir pour une petite balade.

Virginia portait seulement une banane à la taille. Elles trouveraient de l'eau en chemin. Au bout d'un moment, le sentier faisait une fourche et Doralice, avec l'assurance de qui connaît les lieux, avait pris la mauvaise direction. Elles s'étaient perdues. Plus de balises peintes par le club alpin sur les troncs ou les rochers, le ciel était de nouveau sombre au-dessus des branches entremêlées et il tombait quelques gouttes.

Doralice s'est approchée du garçon, je suis la fille d'Osvaldo, lui a-t-elle dit au cas où il ne l'aurait pas reconnue. Elle lui a demandé s'il y avait un raccourci pour gagner le refuge, où elles pourraient se mettre à l'abri. Il la fixait du haut de sa monture, les joues hirsutes, la couleur de ses yeux dissimulée entre ses cils épais. Il a lorgné Virginia, qui était restée un peu en arrière. Le grondement du tonnerre a couvert les tintements des cloches des bêtes qui paissaient.

Vasile a indiqué la crête de la main. Il a tiré les rênes pour s'écarter et les laisser passer. Puis il les a suivies, lentement, à cheval. Dans un italien rudimentaire, il a dit que c'était dangereux pour elles, il y avait les chiens.

Quels chiens ? a demandé Doralice, elle n'en avait jamais entendu parler.

Les chiens errants dans la forêt, ils s'accouplent avec les loups, a-t-il expliqué à l'aide de gestes et de quelques mots. Ils continuaient de monter par le raccourci qu'il avait indiqué.

Il les accompagnait, il protégeait leurs arrières. Il était taciturne mais gentil, ainsi que la mort se présente parfois. À un moment donné, Doralice n'a plus entendu le bruit des sabots et elle s'est retournée. Il n'y avait plus personne.

« On l'a retrouvé devant nous, il nous barrait le passage », a-t-elle dit à la cour d'assises, répondant à la défense.

Était-elle bien sûre qu'il s'agissait de la même personne ? l'a pressée l'avocat de la défense. Comment était-il possible qu'un instant avant il soit derrière elles et celui d'après devant elles ? Peut-être avait-elle le soleil dans les yeux et n'avait pas bien vu ?

Il n'y avait pas de soleil, il commençait à pleuvoir, a répondu Doralice d'un ton sec.

Annoncé par la presse et la télé, le procès a commencé trois mois après l'arrestation. Il n'y avait jamais eu autant de monde à Teramo que pour les premières audiences : curieux, journalistes, photographes qui essayaient d'immortaliser une expression de la rescapée et de « l'assassin au regard glacial », comme ils l'appelaient également. Ils harcelaient aussi la procureur, qui arrivait d'un pas pressé, avec son tailleur rouge et sa serviette remplie de documents. Mme Grimaldi fendait la foule sans faire de déclarations. La cour rendra sa décision, elle ne disait rien d'autre.

Elle avait déjà interrogé Doralice à l'hôpital, assise à son chevet, tutoyant cette jeune fille du même âge que la sienne. Dans la salle, elle lui parlait depuis le banc du ministère public, ferme et claire. Je l'ai admirée, la fois où je suis venue assister à une audience.

« Mademoiselle, pouvez-vous décrire l'homme ? »

Sur la chaise des témoins, droite, un peu raide devant le micro, Doralice a mentionné sa taille – plus ou moins, a-t-elle ajouté –, la couleur de ses yeux et de ses cheveux, ses lèvres fines, son nez aquilin. Ce faisant, elle arrachait les petites peaux autour de ses ongles avec son pouce et son index, son tic habituel. Arrête, aurais-je voulu lui dire à l'oreille, tu commences à saigner.

« Voyez-vous la personne que vous avez décrite dans cette salle ? » lui a demandé Mme Grimaldi.

Doralice s'est tournée, le cou rigide. Elle l'a regardé, assis à sa place, sur le banc des accusés.

« C'est lui », a-t-elle déclaré d'une voix assurée.

Pour le peu que j'arrivais à le voir, Vasile est resté impassible, comme s'il ne l'avait même pas entendue, comme s'il n'en avait rien à faire d'elle, du public qui chuchotait, de la peine à perpétuité qui à ce moment-là était peut-être tout son avenir.

Son avocat n'était pas commis d'office, c'était Ciarango qui payait, du moins à ce qu'on racontait. Il avait essayé de se réhabiliter, ces derniers mois. Il se présentait comme un bienfaiteur. Il avait accueilli ce garçon, qui errait tout seul dans la rue. À l'époque, on n'en voyait pas beaucoup, des étrangers avec les moutons. Qui aurait pu imaginer ce qu'il ferait ? Il lui avait offert un travail, un abri. C'est ce qu'il a répété à l'audience, en sa qualité de témoin.

« Et vous lui avez aussi donné une arme ? » l'a sèchement interrompu Grimaldi.

Pas du tout. Le pistolet était au refuge depuis toujours, Dieu seul sait à qui il appartenait. Parfois, les bergers s'amusaient à tirer sur des cibles. Lui, Ciarango, il ne savait même pas que Vasile l'avait pris.

Ce pistolet avait été retrouvé quelques jours avant le début du procès. Enterré à proximité de la cabane, où les chénopodes bon-Henri poussaient sur le fumier des moutons. Vasile avait tenté de le cacher là, avant de prendre la fuite avec Tonnerre.

Après la seule audience à laquelle j'ai assisté, j'aurais voulu m'approcher de Doralice, la serrer dans mes bras, au moins un instant. De ma place, je l'avais trouvée amaigrie, l'air éteint. Et sa queue-de-cheval sur sa nuque, pour ne pas être embêtée par ses cheveux. Jusque-là, elle avait toujours aimé les laisser détachés, les rendre vaporeux, se mettre des bigoudis pour les faire onduler. J'aurais voulu m'approcher, mais j'avais peur d'elle.

Deux ou trois fois, quand il me semblait qu'elle regardait dans ma direction, j'avais timidement levé la main pour la saluer, mais je ne savais pas si elle m'avait vue. J'aurais peut-être dû lever la main plus haut, l'agiter un peu.

7

Quelques bergers ont été convoqués en tant que témoins. À l'arrivée de la citation à comparaître, leurs femmes ont pris peur. Peppe, Biagino, Cicione se sont passé le mot. Qu'avaient-ils à voir avec ce procès ? Ils n'avaient rien fait, ils ne savaient rien. Ils étaient çà et là avec leurs moutons quand le drame avait eu lieu, mais tous loin de Pietra Rotonda. Si, devant le juge, ils avaient des mots malheureux, ils pourraient avoir des ennuis, s'ils mentionnaient quelqu'un, des inimitiés pourraient naître. Cicione est descendu chez le médecin du village et lui a demandé un certificat. Il lui a expliqué qu'il ne pouvait pas se déplacer à cause du feu de Saint-Antoine. Et non, il ne pouvait pas lui montrer l'éruption parce que c'était aux parties intimes et il avait honte. Biagino a eu une sciatique et Peppe une forte fièvre.

« Moi, je n'ai pas peur de la loi », a déclaré Achille à mon père.

C'est le seul qui s'est présenté. Il était jeune, à l'époque, sa hanche intacte. Son troupeau paissait tranquillement et il n'avait pas besoin de manifester pour défendre les pâturages. Il a étonné tout le monde en répondant dans un italien correct, malgré son accent. Achille lisait pendant ses longues journées en plein air, et il emportait un cahier et un crayon dans la poche de sa veste. Il écrit des poésies, disaient les autres bergers, comme si c'était une extravagance.

Grimaldi lui a demandé s'il connaissait l'accusé. Bien sûr qu'il le connaissait. Seulement de vue ? Non, il leur arrivait de se croiser en montagne, ils échangeaient quelques mots pendant que les moutons broutaient. Quelle impression lui avait-il faite ?

« Au début, il m'avait l'air d'un garçon tranquille, même s'il n'était pas bavard. »

Mais c'était normal pour quelqu'un qui ne connaissait pas la langue. Il était venu dans les Abruzzes à la recherche d'un cousin à lui qui travaillait pour un berger vers L'Aquila, il n'avait pas réussi à le retrouver.

« Dans un sens, Ciarango l'a sauvé, et puis après… »

Il a regardé Vasile en secouant légèrement la tête. Pas même un regard en retour.

« À votre connaissance, y a-t-il toujours eu un pistolet au refuge ? »

Non, pas à sa connaissance. Ce refuge, il s'en était servi lui aussi, il y avait longtemps, et il n'y avait vu aucun pistolet.

« Savez-vous si c'est Ciarango qui l'a donné à l'accusé ? »

Je m'oppose, monsieur le président, a fait une voix depuis le banc de la défense. Selon l'avocat, Grimaldi essayait d'influencer le témoin. Cette objection n'a pas été retenue, mais de toute façon Achille n'en savait rien.

« C'est sûr que ce garçon aimait un peu trop jouer avec les armes.

– Comment le savez-vous ? »

Pendant les mois d'hiver, Ciarango faisait descendre ses moutons dans la vallée, comme tout le monde. Il n'avait pas besoin de Vasile à la bergerie. Ce dernier restait sans travail pendant des semaines et lui, Achille, l'appelait pour quelques travaux. Ils allaient couper du bois pour l'hiver suivant. Pendant les pauses, ils mangeaient un sandwich puis le garçon s'éloignait. Un jour, Achille avait entendu des coups de feu et l'avait trouvé en train de tirer au pistolet, justement. Sur quoi ? lui a demandé Grimaldi.

« Sur un écureuil. »

Un écureuil ? La procureur a repoussé ses cheveux de son visage, incrédule. Un écureuil, oui. Mais pourquoi ? Comme ça, par jeu, pour l'embêter. Il ne voulait pas le tuer, juste lui faire peur, le faire fuir dans un sens et dans l'autre sur les troncs. Ça l'amusait. À la fin, il l'avait tué, allez savoir si c'était par erreur ou exprès. Une rumeur indignée a parcouru le public et le jury.

Un garçon de cet âge, Achille a indiqué Vasile du menton, ça ne devrait pas avoir de vrai pistolet entre les mains.

Cinq ou six audiences, je me souviens, pas plus. Je connaissais les dates, des gens qui y assistaient me rapportaient les nouvelles. C'était moi qui demandais, en fait. Tout le monde était pressé d'arriver au bout. Il y avait un témoin lucide et précis : la rescapée. Et il y avait le coupable. On attendait seulement la condamnation à perpétuité.

En avril, Grimaldi a passé trois jours à Ischia, la chose n'a pas échappé aux journalistes. Deux jeunes filles tuées sans pitié, une famille détruite, et elle se prenait des vacances sur une île, alors que le procès n'était pas encore fini. *Elle ne manque pas d'air*, ont-ils écrit.

Après la sentence, elle a accordé une seule interview, à un quotidien national. Elle a parlé de lui, qui ne l'avait jamais regardée dans les yeux quand elle l'interrogeait. Lorsqu'il répondait, c'était essentiellement par monosyllabes. Le verdict ne l'avait pas fait réagir davantage. Après tout, en prison il se trouvait peut-être mieux qu'avant, il pouvait se laver et manger à sa faim.

« Vous avez demandé et obtenu une condamnation à perpétuité, c'est la première fois que cela vous arrive ? »

Non, mais pour la première fois une des victimes était vivante, présente dans la salle, elle coopérait.

Alors, la procureur était-elle satisfaite d'avoir atteint son objectif ?

« On ne peut pas se réjouir qu'un garçon de vingt ans passe le restant de ses jours en prison. Mais c'était la seule réparation possible pour les victimes et leurs familles. »

Qu'est-ce qui a pu pousser un jeune homme à commettre un crime aussi atroce ? lui a demandé la journaliste.

Qui pouvait le dire ? La défense avait évoqué une famille difficile mais elle, Grimaldi, ne jugeait pas cela déterminant. Du moins, tout ne découlait pas de son éducation.

Et de quoi d'autre, alors ?

« De l'isolement, je crois. Il vivait en symbiose avec les moutons, il assistait aux accouplements. Il a vu trois belles filles, il en a voulu une. »

Sur la page suivant cette partie de l'interview, on avait mis une photographie de Tania et Virginia assises dans l'herbe, en short, les jambes bronzées. Virginia avait les bras autour des genoux, Tania montrait du doigt en riant la personne qui prenait la photo. En arrière-plan, je reconnaissais un tout petit coin du cabanon de la Shérif.

La pellicule où figurait cette photo se trouvait sous la tente, dans les bagages prêts pour le départ, elle a été développée après la mort des deux sœurs. Elle contenait leurs vacances, les endroits où elles étaient allées. Elles n'ont jamais pu se revoir prenant la pose sur le mont Coppe, au bord de la rivière qu'elles avaient remontée, et le soir de la fête à Arsita. Ce sont leurs parents qui les ont vues, encore si vivantes sur le papier Kodak, ils les ont regardées danser sur la place, pieds nus, heureuses d'être là.

Le cadrage de biais m'a fait reconnaître un cliché signé Doralice, parfois son doigt apparaissait sur le bord. J'en étais certaine, maintenant, c'était elle que Tania montrait, sur la page du quotidien que j'avais acheté. Je l'ai lu tout de suite, sur le banc à quelques pas du kiosque.

« Aucun endroit n'est sans danger, disait Grimaldi. La présence humaine implique potentiellement celle du mal. »

Elle ne partageait pas cette vision idéalisée de la montagne, les forêts étaient certes séduisantes mais aussi pleines d'ombres. Elles pouvaient vous trahir, vous perdre. Le garçon y avait perdu le sens des limites humaines.

« La nature est belle pour les riches, pas si on doit y travailler comme un esclave. »

Je n'y avais jamais pensé, cette phrase m'a marquée. Au fil des ans, j'ai compris qu'elle ne valait pas seulement pour le jeune berger asservi. Ciarango, Osvaldo, mon père : aucun d'eux n'avait choisi de vivre dans la vallée. Ils étaient restés au seul endroit possible, celui où ils étaient nés. Ils n'avaient rien vu ni rien imaginé d'autre. Ils étaient esclaves de la nécessité. Qui pesait aussi sur ma mère et moi.

La beauté qui nous entourait ne nous concernait pas. Nous n'admirions pas la nature, nous devions nous battre contre elle. Il suffisait d'un orage sur le blé mûr pour nous appauvrir un peu plus. Nous luttions contre le vent, les maladies des bêtes et les parasites des plantes. Cette même nature qui nous nourrissait nous affamait aussi. Quand nous sortions de la vallée, nous ne savions pas nous comporter dans le monde.

Comment la rescapée a-t-elle réussi à en réchapper ? a demandé la journaliste à Grimaldi.

« Elle l'a voulu de toutes ses forces. Lui, il devait la faire taire à tout prix, c'était la seule des trois qui le connaissait. Il l'a cherchée pendant des heures, de jour et de nuit, et par moments il était tout près d'elle, nous avons retrouvé ses traces. C'est son instinct de survie qui l'a sauvée. »

Instinct de survie, disait Grimaldi. Peut-être celui-là même qui a ensuite emmené Doralice si loin d'ici, et pour toujours. Et peut-être aussi celui-là même qui a ramené Amanda précisément ici.

8

Ma mère n'avait jamais voyagé et partir avec moi la rassurait. L'idée lui est venue tout d'un coup, elle m'a demandé de l'accompagner chez sa cousine, qui l'invitait depuis des années. Au début, j'ai répondu non, je répondais systématiquement non, à cette période. Mais après tout, je n'étais jamais allée à Naples, je pourrais aller me balader seule, pendant qu'elle serait avec sa cousine.

Le dimanche, l'autocar était presque vide, ma mère s'est assise à côté de moi. À six heures du matin, l'odeur de fromage qui émanait du sac à ses pieds était nauséabonde. Je lui avais dit de ne pas en prendre, mais on n'allait pas se présenter les mains vides, quand même ! L'odeur traversait les différentes épaisseurs d'emballage. Mon père nous avait emmenées à Pescara avec un air dubitatif, puis il était aussitôt reparti. Elle lui avait demandé d'arroser les géraniums. « Oui, c'est ça, je n'ai que ça à penser, avec toute la luzerne à faucher », lui avait-il répondu. Je ne sais pas à quel point il lui a été difficile de le laisser seul pendant les foins, mais elle voulait m'éloigner quelques jours.

Dans l'autocar, j'ai gardé la tête tournée vers le paysage pour éviter qu'elle se mette à bavarder sur un sujet qui ne m'intéressait pas. Ma mère avait peur du silence.

La veille, il était plus de minuit quand j'étais rentrée, après l'une des interminables réunions au siège du club alpin. Là-bas aussi on parlait du procès, c'était pour ça que j'y allais. Dario avait été interrogé sur la découverte du corps de Tania. Ses amis le questionnaient là-dessus, puis on discutait des randonnées et pour finir on buvait un verre.

C'était lui qui m'avait raccompagnée et on s'était attardés dans sa voiture. On s'était même endormis un moment, après.

J'ai indiqué la Majella et sa cime encore enneigée à ma mère. La montagne sacrée, parsemée d'ermitages. Elle avait une forme douce, pas menaçante. Dans la vallée, nous n'arrivions plus à regarder nos montagnes, elles étaient devenues si sombres. Corno Grande, Prena, Tremoggia, elles nous écrasaient. On ne prononçait même plus le nom du Dente del Lupo. Beaucoup de gens réclamaient la peine de mort pour Vasile, et si elle n'existait plus il fallait la rétablir pour lui. D'après certains, Ciarango, qui l'avait embauché et lui avait donné le pistolet, devait aller en taule lui aussi. Les vieilles femmes priaient pour les âmes innocentes de Tania et Virginia. Par ce départ, ma mère m'éloignait de toutes ces rumeurs. Elle devait être vraiment inquiète pour moi, plus que je ne l'imaginais.

Sa cousine est venue nous chercher au terminus, chaude et moite, heureuse de notre présence à Naples. Elle ne m'avait pas vue depuis quelques années, elle m'a trouvée plus grande et belle, mais je ne l'ai pas crue. Elle s'est engouffrée dans la circulation, téméraire, et elle a légèrement rallongé le trajet pour nous montrer le littoral, le Castel dell'Ovo, le Vésuve au loin. Ma mère, agrippée à la poignée, se raidissait à chaque dépassement hasardeux. Elle a failli être victime d'un vol à l'arraché alors que nous étions bloquées dans un embouteillage. Un jeune homme avait repéré son bracelet, Anna a remonté la vitre électrique juste à temps. La paume du garçon est restée imprimée un instant sur le verre.

« Enlève tes bijoux en or, on n'est pas dans les Abruzzes, ici », a dit Anna en redémarrant.

Elle habitait un appartement au cinquième étage à Fuorigrotta, avec son mari et sa belle-mère. Ils étaient trop près du stade, qu'elle nous a indiqué en passant, et un dimanche sur deux ils se retrouvaient dans le chaos du match.

Au déjeuner, le fromage de brebis a eu son moment de gloire en hors-d'œuvre, ils en ont mangé la moitié. Anna s'est souvenue que la dernière fois qu'elle était revenue, elle en avait acheté à la Shérif. Une pause, avant d'ajouter : « Sa fille a eu chaud, hein ? » Ils suivaient le procès à la télévision.

«Ça aurait pu être elle, j'ai des frissons rien qu'à y penser», a dit ma mère.

La tête basse, j'ai senti les regards sur moi. La belle-mère d'Anna s'est péniblement levée, elle a ouvert grand la fenêtre. Nous avions besoin d'air. Pendant tout le temps de notre séjour, elle m'a appelée *piccirè**. De la chambre de ses petits-enfants, partis de la maison, je l'entendais ronfler bruyamment la nuit, mais c'était surtout le silence de ses apnées qui me tenait éveillée. J'étais entourée de posters de Maradona portant le maillot bleu ciel numéro 10, des drapeaux et des écharpes du Napoli pendaient au-dessus du lit, presque phosphorescents dans le noir.

Le lundi, Anna devait travailler, elle nous a dressé la liste des bus pour les différentes destinations et nous a souhaité de bien nous amuser. Ce n'était pas facile de s'amuser, avec ma mère. Elle refusait de prendre le métro, elle avait peur de descendre sous terre. Elle ne savait pas flâner, elle marchait vite, comme si elle était pressée. Nous avions assez d'argent sur nous, mais elle n'a rien voulu s'acheter, pas même au marché d'Antignano. Pour ne pas regarder les vêtements, elle s'arrêtait devant les étals de poissonniers, ces poulpes énormes. Choisis quelque chose pour toi, ce que j'ai me suffit, disait-elle.

* «Petite», en dialecte napolitain (*NdT*).

Je détestais son sens du sacrifice. Je ne voulais pas être comme elle. Je prendrais tout ce que je pouvais, je profiterais de ma jeunesse et de tout le reste. Ce n'est pas exactement ce qui s'est passé. J'ai été davantage marquée par ma mère que je l'imaginais à vingt ans, j'ai fini par lui ressembler, trop.

Le seul moment où elle s'est arrêtée, c'est en faisant le tour du *Christ voilé*, elle s'est recueillie un moment devant ce visage. C'est incroyable, m'a-t-elle dit à la sortie, un vrai voile, mais en pierre.

Où est-ce que tu m'emmènes aujourd'hui ? me demandait-elle le matin au petit déjeuner. À Naples, sur le bord de mer, en mai c'était l'été. Les femmes avaient enlevé leurs bas, certaines étaient déjà bronzées. J'observais les jambes de ma mère en mangeant une pizza *a portafoglio* à emporter. Ces épais poils noirs aplatis sous les collants couleur chair. J'avais honte pour elle.

Le soir, j'ai parlé en cachette à Anna et après le dîner elle a fait chauffer la cire dans une petite casserole. Elle a expédié son mari et sa belle-mère au lit et nous sommes allées à la salle de bains. Ma mère criait à chaque bande, mais elle riait aussi. Elle n'arrivait pas à croire que tous ces poils restés prisonniers dans la cire étaient les siens. À la fin, elle a caressé sa peau lisse, elle n'arrêtait pas de se regarder. Si ton père me voyait, a-t-elle dit. Mais cette pensée l'a traversée seulement quelques secondes, il était si loin de nous avec ses balles de foin.

« Les ongles, maintenant », a décrété Anna.

Elle limait, coupait les petites peaux de ces mains beaucoup plus âgées que les quarante ans de ma mère. Celle-ci se rebellait encore faiblement, mais c'était de la comédie. Personne n'avait jamais pris soin de son corps, pas même lors de son mariage. Non, pas de vernis, a-t-elle protesté, mais Anna le lui appliquait déjà, un beau rouge.

Sans nous l'avouer, nous avons eu des moments de bonheur, cette semaine-là. J'ai oublié les livres que je n'arrivais plus à étudier, le procès en cours, Doralice. Je revois ma mère un matin, à la table d'un café. Elle a tourné sa chaise vers la mer et a étendu ses jambes nues. Elle a fermé les yeux. De loin, notre vallée était un endroit étriqué et ténébreux.

Elle a rapporté à la maison une jupe qu'elle s'était achetée à la dernière minute, dans la via dei Tribunali. Elle la mettrait pour une communion, en juin. Elle disait « une petite jupe », comme pour atténuer le geste de vanité qu'elle avait osé.

Dans l'autocar du retour, j'ai dormi presque tout le temps. Quand nous sommes arrivées à Pescara, en fin d'après-midi, j'ai découvert ce qu'elle avait fait, elle. Elle n'avait pas repris son ouvrage au crochet de l'aller, non. Elle avait gratté son vernis jusqu'à ce que toute trace de couleur disparaisse. Il ne restait plus que les griffures de ses ongles sur ses ongles.

9

Le procès s'est achevé en juin 1994, moins de deux ans après le drame. Je me souviens que ce jour-là, j'étais sur le point de finir ma licence. Je relisais mon mémoire sur *Malocclusions et posture* tout en suivant sur la 8 le réquisitoire de l'accusation et la plaidoirie de la défense. Grimaldi, la procureur, n'a pas eu besoin de se donner trop de mal, elle a tiré les conclusions de son travail : la déposition du témoin principal était tout à fait crédible ; l'accusé était responsable de ses actes quand il avait agi, ainsi que l'expertise l'avait établi.

«Cet homme a visé pour tuer», a dit la procureur, faisant référence aux poumons de Tania et Virginia transpercés par les balles. Le mot «homme» paraissait disproportionné face à ce visage qui portait encore les traces de la puberté.

Grimaldi a insisté sur sa froideur, son indifférence à l'égard des victimes.

«Il en voulait une, il a tiré sur les deux autres, qui représentaient des obstacles.»

À l'audience préliminaire, il avait avoué. Mais le premier coup de feu était parti par erreur, puis une des filles lui avait jeté un caillou sur le front et il avait perdu le contrôle. Il niait le viol : cette fille s'était déshabillée toute seule.

Déshabillée toute seule, a répété la procureur dans ses conclusions. Elle est restée quelques instants silencieuse et, durant ce laps de temps, elle a fixé le président puis les femmes du jury populaire une à une.

Au cours des débats, l'accusé avait ensuite affirmé que cet aveu lui avait été extorqué sous la menace : les trois filles et lui ne s'étaient pas croisés ce matin d'août, Doralice se trompait.

« Le témoin n'a jamais eu un instant d'hésitation, malgré le traumatisme qu'elle a subi », et Grimaldi s'est tournée vers elle.

Les gens qui étaient assez proches pouvaient voir, immobile à la place qui lui était assignée, Doralice, le visage émacié, la queue-de-cheval de plus en plus longue dans son dos. Elle avait tenu jusqu'à la fin du procès sans être absente une seule fois.

Dans la dernière partie de son réquisitoire, filmée par toutes les télévisions, Grimaldi en robe et rabat n'a parlé que d'elle. Elle l'a remerciée d'avoir permis la tenue d'un procès équitable grâce à son témoignage. Elle a admiré son courage de revivre chaque moment en présence de l'accusé, de la cour et du public.

« Et maintenant, mesdames et messieurs, c'est à nous.

C'est à nous de lui offrir une réparation, même si elle n'est que partielle, pour ce qu'elle a enduré. Nous devons répondre à sa demande de justice.»

Le bras tendu et la paume ouverte en direction des magistrats en toge, puis des jurés, elle a conclu : «Comment pourrions-nous la décevoir? Qui d'entre nous supporterait d'avoir sur la conscience le poids d'une défaite de la vérité?»

À côté de Doralice, la Shérif pleurait, pendant un instant la caméra a filmé son corps entier secoué par les sanglots. La main d'Osvaldo sur son épaule.

L'avocat de la défense n'était pas le même qu'avant. Le ténor du barreau ne s'était pas montré pour le dernier round, et son associé semblait un peu mal à l'aise. Les demi-aveux que son client avait ensuite rétractés le mettaient en difficulté.

C'était un garçon de vingt et un ans, laissé à lui-même; aucun lien avec sa famille d'origine, et ici même pas un ami. Jour et nuit au contact des bêtes, jusqu'à l'abrutissement.

«Et le samedi, quand vous pouvez aller au village, qui allez-vous voir?»

À cet âge, il avait encore besoin de repères, et Ciarango n'en était pas un, seulement un patron.

Même s'il était maître de ses actes, Vasile Hirdo était immature, tant par son âge que par son vécu. Il n'avait pas su réprimer ses instincts et le fait d'avoir une arme dans son sac à dos ne l'avait pas aidé.

Sa robe glissait sur son épaule, révélant les pois de sa chemise. La plaidoirie n'avait aucune chance d'influencer le verdict, mais indépendamment de son manque d'expérience son avocat n'y avait pas assez cru.

La peine à perpétuité est tombée dans un silence de plomb. La mise à l'isolement diurne pendant un an et les autres peines accessoires que le président a prononcées juste après n'ont pas atténué l'écho glacial du mot. De toute façon, Vasile ne pourrait pas régler les frais de justice. Surtout, il ne pourrait jamais payer les dommages et intérêts aux familles Vignati et Damiani.

Il a écouté la sentence debout, sans bouger un muscle. L'interprète, qui était toujours à côté de lui pendant les audiences, est restée muette, comme son avocat.

Des larmes coulaient sous les lunettes de soleil du père de Tania et Virginia, sa mère était de marbre. Un bruissement dans le public, quelque part au fond de la salle, un applaudissement isolé.

La foule de journalistes qui attendait dehors était incontrôlable. Ils se pressaient autour de Doralice. Mademoiselle Damiani, une déclaration après la sentence. Êtes-vous satisfaite ? Elle regardait fixement devant elle. Osvaldo et la Shérif toujours en sentinelle, les mains en écran devant les caméras et les flashs.

Ça a été la dernière fois. Les journalistes et photographes ont quitté les lieux, mangé leurs dernières *scrippelle in brodo* dans les restaurants. Puis les voitures et fourgonnettes sont parties, les hôtels de Teramo se sont vidés. Le lendemain, la ville avait déjà retrouvé son ennui.

Je m'attendais à toute une série de cancans au village. Ça n'a pas été le cas. Chacun a su et est resté muet. Nous avons tout à coup perdu le sentiment d'importance que le tapage autour du procès nous avait conféré. Ce nom, le Dente del Lupo, pour toujours associé à ce crime. La honte s'est abattue sur nous.

J'ai eu ma licence deux semaines après. Je ne sais pas exactement ce qui m'avait poussée à me remettre à étudier. Mais que pouvais-je faire ? Cela n'était pas dû à un regain de volonté, comme le pensait ma mère. Non, plutôt, je ne voulais pas finir comme elle. Tout ce labeur aux champs pour ne pas avoir un sou à soi. Le premier pécule qu'elle a véritablement possédé a été celui du minimum vieillesse.

Vasile a été incarcéré à Marino del Tronto pendant sept ans. Ciarango était le seul à lui rendre visite, mais il est mort rapidement. Après la période d'isolement, les agents de la police pénitentiaire ont dû le protéger des autres détenus, mais il lui est quand même arrivé de se faire tabasser.

Quand il a été extradé, la presse a rapporté la nouvelle, on a reparlé de l'affaire. « Tu vas voir, dans son pays, il sera libéré », a dit mon père.

Les parents des victimes n'ont pas voulu commenter. Ils ne sont jamais revenus dans les Abruzzes, pas même aux dates anniversaires de la mort de Tania et Virginia.

Au pied de Pietra Rotonda, une photographie sur la céramique rappelle leur souvenir aux promeneurs, elles sourient pour l'éternité dans leur jeunesse tronquée.

Doralice habite au Canada depuis de très nombreuses années, maintenant. Elle est avocate. Elle rentre aussi peu que possible. À toutes les questions qui ne m'étaient pas sorties de la bouche, elle a répondu dans une longue lettre, au début de sa vie là-bas. Je la garde encore dans mes papiers, réchappée à mes déménagements.

Elle avait survécu, et j'avais survécu moi aussi. L'ombre qui l'avait renversée, et m'avait frôlée, nous avait laissées silencieuses. Mais cette lettre était nécessaire, pour elle et pour moi.

J'ai retrouvé Doralice, et sur le papier cette voix éraillée qu'elle avait au procès. Elle avait traversé l'océan pour moi. Elle avait quitté la partie civile pour aller s'asseoir sur le banc des accusés.

Hey, Lucia.

Ce jour-là, si je n'étais pas passée leur dire au revoir au camping, rien de tout cela ne serait arrivé. Elles n'auraient pas bougé de leur tente. Et après, en plus, je me suis trompée de direction et quand je l'ai vu, je lui ai demandé un raccourci pour aller au refuge. Quelle chance on a de le croiser, j'ai pensé. Il commençait à pleuvoir, Tania et Virginia stressaient. Il nous matait, surtout Virginia, ses jambes, sa poitrine, mais sur le coup je n'y ai pas fait attention. Il était gentil, il nous accompagnait. À un passage étroit, il s'est mis en travers avec le cheval, il est descendu. Tu sais, Tonnerre, le cheval de Ciarango. On n'a pas bien compris sa phrase, alors il a fait des gestes pour dire à Virginia de se déshabiller. C'est là que j'ai fait la plus grosse bêtise. J'aurais dû crier : « Venez, on s'enfuit ! » On aurait encore pu s'en tirer, partir en courant, redescendre par où on était montées. Au lieu de ça, je lui ai dit qu'il était cinglé. Je l'ai menacé de tout raconter à mon père, à Ciarango. « Ils vont te démolir », je lui ai dit. Lui, il est resté froid, il a ouvert le sac à dos suspendu à la selle du cheval. Il m'a tiré dessus, je suis tombée, mais c'était peut-être surtout à cause de la peur. Les filles pleuraient, elles le suppliaient. J'étais sous le choc, mais j'entendais : Virginia lui a proposé le peu d'argent qu'elle avait dans sa banane. Un autre coup de feu, pour Tania. Et là, j'ai décidé d'être morte. Ses pas de plus en plus proches, son pied sur ma hanche. Il a appuyé pour voir si je réagissais. Je n'ai pas réagi. Je ne respirais même plus. Mon cœur, mon sang, tout était paralysé. Je ne savais même pas si je faisais semblant ou si j'étais vraiment morte. J'ai ouvert les yeux un instant. Il était sur Virginia, elle criait, mais de plus en plus faiblement. Sa sœur avait déjà arrêté de gémir.

J'ai commencé à ramper pour m'enfoncer dans la forêt. Tant que je l'entendais haleter, j'étais sûre qu'il ne se souciait pas de moi. Je me suis levée, pendant quelques secondes j'ai vu tout noir. Puis je me suis mise à courir. Derrière moi, les derniers coups de feu. Il m'a poursuivie, parfois il était tout près et je me cachais. J'étais tapie sous la Scaglia, la terre qu'il déplaçait sous ses pas tombait devant mon visage. Il devait me trouver à tout prix, et moi par moments j'étais si fatiguée que j'avais presque envie de céder. À un moment donné, j'ai compris qu'il m'avait perdue, mais j'étais à bout de forces. Je saignais encore un peu. Je suis descendue, à l'aveugle, dans le vent. La nuit est tombée, je ne savais pas où j'étais, j'étais complètement déboussolée. Mais j'entendais qu'on me cherchait. L'éboulis, j'y suis arrivée par hasard, les pierres m'ont fait rouler jusqu'en bas.

Heureusement que tu n'es pas venue, ce jour-là.

Elle écrivait sur elle et sur moi, sur Tania et Virginia qu'elle n'avait pas su protéger. Elle écrivait pour me dire qu'elle s'était enfuie pendant qu'il violait Virginia.

Toutes les nuits, j'entends sa voix.

LE CONCERT

1

La Shérif ne sait pas ce qu'il s'est fourré en tête. À son âge, en plus. C'est fini, l'époque des grands projets. Le temps restant s'écoule, les forces diminuent. Il ferait mieux de s'occuper du peu de santé qu'il lui reste.

« On peut cultiver un petit potager, élever quatre poules, ça oui. Par contre, la montagne, c'est fini. Mais Osvaldo est une bourrique, il ne m'écoute pas. »

Elle est venue jusqu'ici me le dire. Elle a laissé le triporteur dans la cour. Elle s'est cramponnée à la rampe pour monter l'escalier. Son corps lui pèse. Nous sommes assises sur la terrasse, chez mon père. Nous l'observons d'en haut, qui s'éreinte derrière la moissonneuse-batteuse tout juste arrivée. La grosse machine le domine, il doit crier pour se faire entendre par l'homme qui la conduit. Commence par là, lui dit-il, et il indique d'un geste rageur le champ à moissonner en premier.

La Shérif secoue doucement la tête.

« Ce sont les mêmes, Osvaldo et lui, la vie ne leur a pas appris grand-chose. Regarde ton père, qui veut encore courir, à moitié estropié. »

Il la voit, lève le bras pour la saluer. S'il l'avait entendue, il l'insulterait.

La Claas coupe le blé, l'avale. Elle stocke les grains dans la trémie, crache la paille sur la terre sèche. Mon père vérifie que rien n'est gaspillé. La Shérif parle plus fort, par-dessus le fracas plaintif.

« J'ai appris que ta fille était à la manifestation. Je ne m'y attendais pas. »

Moi aussi je l'avais découvert sur le moment. Mais il y avait plein de jeunes, qui s'opposaient aux projets de Geri pour le Dente del Lupo.

« Je le connais, ce type, c'est un profiteur. »

Elle les a vus à la télévision, les jeunes qui manifestent pour sauver la planète. Mais au Dente del Lupo, ce n'est pas seulement ça, la question. On ne peut pas construire à un endroit pareil. Il faut le laisser en paix.

« Si tu savais combien de fois on a essayé de rencontrer les parents, après le drame. Au procès, aussi. Ils n'ont jamais voulu. Mais ce n'était pas notre faute, nous aussi on a payé le prix fort. »

Doralice a appelé, hier. On l'entendait si bien, elle semblait toute proche. Cette année non plus elle ne reviendra pas pour les vacances, peut-être pour Noël. Une fille qui habite de l'autre côté de l'océan est perdue. D'une autre manière, mais perdue quand même. Aucun coup de fil n'abolit les sept mille kilomètres qui vous séparent. Quand elle parle avec son père, il lui arrive de ne pas se rappeler comment on dit un mot en dialecte, il lui échappe en anglais. La voix de la Shérif se fêle, se brise.

Ils ne sont jamais allés lui rendre visite. Ils n'en sont pas capables. Elle, ne serait-ce que voir les avions dans le ciel lui fait peur. Elle indique un sillage vaporeux qui se dissout dans l'azur. Et puis il lui suffit de s'imaginer à Fiumicino, avec tout ce monde, pour commencer à transpirer. Elle pose ses gros bras piqués par les moustiques sur la toile cirée. J'ai le sang sucré, dit-elle en interceptant mon regard.

Une envie soudaine de la serrer contre moi, et d'être serrée par elle. Comme cette nuit-là au camping, dans l'angoisse pour Doralice. Je reste immobile.

« N'entre pas en conflit avec Amanda, ça ne vaut pas la peine pour l'argent que Geri te propose. »

Et ça n'en vaut pas la peine pour cet endroit, ajoute-t-elle en levant les yeux vers la montagne. Il faut être patiente, avec elle, elle a vingt ans. « Laisse-la tranquille si elle n'étudie pas en ce moment.

– Comment tu es au courant ? » je lui demande.

C'est mon père qui le lui a dit, un jour où il est venu les voir. Il était soucieux.

« La voie de ta fille est quelque part, simplement elle ne l'a pas encore trouvée. »

J'écoute ses mots en silence, avec un sentiment de gratitude. Si ma mère était là, elle prononcerait presque les mêmes. Elle me dirait : Attends. C'est peut-être elle qui me parle à travers la bouche de Nunziatina. Elles étaient amies, après tout. Et si ma mère avait quelque chose à lui pardonner, je suis certaine qu'elle l'a fait de son vivant.

« Si tu dois t'opposer à mon mari, aucun problème pour moi. C'est ça que je suis venue te dire. »

2

J'ai le cœur qui bat la chamade en déverrouillant le cadenas avec ma clé. C'est le matin, il fait encore frais ici. Comme d'habitude, le vantail résiste sur la terre, je force pour ouvrir grand le portail.

Le terrassier me suit, s'arrête devant le petit bâtiment à un étage. Il descend de son engin et regarde autour de lui : On commence par ici ? me demande-t-il. C'était la réception, et le bureau de la Shérif. Oui, d'accord, je réponds. Il remonte et démarre, la pince de démolition s'approche du toit, un peu timide, teste un bord. Puis elle se lance, décidée, elle mord et se retire, jette les pans dans la benne d'un camion qui vient d'arriver. Je suis hypnotisée par cette vision, comme dans mon enfance devant les bétonnières qui tournaient. C'est des trucs de garçons, ça, protestait ma mère.

C'est Amanda qui s'est occupée des devis. Elle a contacté les entreprises et en a fait venir quelques-unes, pour le chiffrage. Je n'imaginais pas que démolir coûtait si cher. Tu croyais quoi ? a dit mon père. Il a voulu participer, mais il a exigé qu'Osvaldo ne le sache pas.

« Si ça continue, on va finir par se brouiller à cause de ta fille et toi. »

Mais au fond, il a l'air content de ma décision.

La pince continue, elle grignote la façade comme si c'était un biscuit. Elle arrive au dessin fané du loup, elle croque sa tête et en fait des gravats. Elle dévore le souvenir de Doralice peignant son pelage au pinceau, en équilibre sur le dernier barreau d'une échelle. Son museau, lui avais-je dit, examinant l'ensemble à quelques mètres de distance. Et elle, se retournant : Quoi, son museau ? On dirait un renard. Alors elle l'avait arrondi.

La pince mange les rêves d'Osvaldo quand il construisait ces murs. Je lui ai versé quelques milliers d'euros en guise de dédommagement, même si rien n'a de la valeur, ici. Il a légèrement incliné la tête, a plié le chèque en deux et l'a glissé dans la poche arrière de son pantalon. Nous nous sommes recroisés au niveau de l'éboulement, mais il ne m'a pas invitée chez eux, cette fois. Il a bifurqué avec son triporteur et il est parti immédiatement.

Les jours passent, je n'avais pas anticipé que ça prendrait tout ce temps. Dans le ciel, bleu et grisaille se succèdent, des nuages de toutes les formes. Parfois, il pleut l'après-midi, hommes et engins s'interrompent. À l'abri d'un auvent, j'ouvre le thermos, offre du café déjà sucré. L'air fraîchit.

J'ai pris des vacances, je suis toujours ici pour suivre le chantier, je ne sais même pas pourquoi. Amanda me rejoint de temps en temps, elle reste un peu. Elle a demandé à un ouvrier si les gravats étaient traités dans une décharge spécifique. Bien sûr, mademoiselle, c'est la loi, lui a-t-il répondu.

À l'arrière des sanitaires, les phrases en rouge sont tombées en même temps que le mur, lettre par lettre. TUEZ-LE est devenu EZ-LE, puis LE. Les prénoms de Virginia et Tania ont disparu aussi, immédiatement suivis par la ligne d'en dessous, qui les voulait vivantes pour toujours.

Il restait la piscine. La pelle mécanique a tourné autour, en enlevant la terre. Les parois étaient démolies au fur et à mesure qu'elles apparaissaient. Pour le fond, les ouvriers ont travaillé au marteau-piqueur, un casque sur les oreilles. J'ai écouté sans penser à rien le bruit démultiplié par l'écho sur la roche. J'étais tout entière à cette sensation de fin, et d'accomplissement.

Mon père est venu voir, hier. Un dernier chargement de gravats et de tuyauterie s'en est allé sous ses yeux. En le regardant depuis le bord, le trou nous a paru énorme.

« Ça a été le plus gros coup de folie d'Osvaldo, a-t-il reconnu.

– Tu l'as toujours couvert, pourtant, lui ai-je dit.

– Pour un ami, on fait ça, et même plus. Des choses qu'on ne ferait même pas pour ses gosses. »

Amanda est arrivée à son tour : Bonjour, papi, l'a-t-elle salué.

Puis, se tournant vers moi : « Si l'entreprise nous apporte la terre, on peut s'occuper de combler le trou.

– Qui ça, "on" ? s'est étonné mon père.

– Elle et moi, comme ça on économisera un peu. »

Il a éclaté de rire. « Elle et toi ? C'est pas un atelier de massage ou de calligraphie. Je veux vous y voir, avec vos petites mains molles. Je reviens demain, sûr. »

Et demain est déjà aujourd'hui.

Les ouvriers vont récupérer la terre sur un chantier routier non loin et en versent un peu dans le trou. Le reste, on s'en occupe, comme Amanda l'a voulu. Elle a passé le mot à quelques jeunes du club alpin, ils viennent nous aider. Nous sommes six ou sept, équipés de pelles, houes et bêches. Elle est au fond avec d'autres, en sueur, les cheveux attachés, les jambes sales sous son short. Ils égalisent, piétinent énergiquement pour donner de la consistance au sol à venir. Moi, je jette la terre d'en haut. Ce soir, les ampoules qui se forment sur mes mains éclateront, ça fera mal.

« Regarde un peu ta fille, on dirait qu'elle s'est réveillée, d'un coup », s'étonne mon père.

Je hoche la tête. J'espère mais je n'y crois pas, Amanda vit par intermittence. Puis elle se replie sur quelque chose qu'elle ne sait pas ou ne dit pas.

Il observe, curieux. Puis il n'y tient plus, il s'approche du bord. Ils ne les voient pas, ces deux coins vides ? Il faut aller combler là, crie-t-il, pas seulement au milieu. Il gesticule pour leur indiquer l'endroit. Les jeunes s'arrêtent, l'écoutent, interdits. Ils obtempèrent. Ils sont maladroits, mais ils referment la balafre dans le pré, et peut-être, trente ans après, la blessure que nous avons encore en nous.

À une heure, je distribue les sandwichs, dévorés en deux minutes. Ils risquent de ne pas suffire, l'air de la montagne ça creuse.

C'est presque fini. Il faut juste tasser un peu la surface. Mon père intervient directement, maintenant, il tape des pieds et de la pelle dans une sorte de danse comique. Dang dang. Là où les reflets du ciel et de la forêt tremblaient sur l'eau, où je me baignais au milieu des touristes sous le regard de Doralice, se trouve désormais une étendue de terre noire et vierge.

3

Amanda est partie depuis une semaine et je ne m'habitue pas à son absence. Hier, j'ai acheté du lait de riz pour elle qui ne le boira pas. Nous nous sommes quittées en nous disputant, elle avait déjà son sac sur le dos et nous n'en finissions pas de nous dire nos quatre vérités. Elle m'a prévenue au dernier moment, comme d'habitude. Ou plutôt, c'est moi qui lui ai demandé si elle avait l'intention de reprendre la fac, maintenant qu'on était en septembre. Non, elle s'en allait. C'est ainsi que je l'ai appris.

Les pensées de nos enfants sont parfois si loin de ce que nous imaginons. Cette fausse symbiose avec eux n'est que le souvenir de leur petite enfance.

Elle n'a aucune envie de se replonger dans les livres. Ni de poursuivre le parcours qu'elle avait choisi, de toute façon elle n'a même pas obtenu les vingt crédits nécessaires. Elle l'a avoué comme ça, sans honte. C'est nous, son père et moi, qui sommes obsédés par les diplômes. Elle m'a regardée d'un air supérieur, peut-être même un peu méprisant.

Moi, j'ai escaladé ce petit monde, je suis partie de la terre et maintenant j'habite au village. J'ai un cabinet dans le centre. Ce que ça représente pour moi compte si peu pour ma fille. Le travail, dont nous remplissons tant nos vies. Mon petit statut, la carrière de son père à la banque. Tout cela, elle s'en moque. Ce n'est pas un diplôme qui fait de vous qui vous êtes.

Elle s'absente pour un mois, le temps des vendanges. Maintenant elle est là-bas, en train de cueillir des grappes de verdicchio sur les collines de Jesi. Avec tout le raisin qu'il y a à vendanger dans les Abruzzes ! Elle gagnera de quoi passer l'automne et l'hiver, a-t-elle dit. Elle ne connaît pas le coût de la vie.

Peut-être qu'elle changera d'avis entre-temps. L'effort sous le soleil féroce, le jus poisseux qui coule le long des bras, se mêle à la sueur et attire les guêpes. Ou c'est peut-être seulement nous autres de la campagne qui croyons encore que le travail manuel fait apprécier les études.

Quand elle allait à l'école, à cette période de l'année, nous achetions ses livres, je l'inscrivais à la piscine et au cours de gymnastique rythmique. Aujourd'hui, je ne peux rien décider pour elle, elle me l'a rappelé avant de partir.

Je ne sais pas pourquoi, mais en l'entendant j'ai repensé à cette nuit-là à Milan. Ma fille blessée, seule dans la rue. Avec beaucoup de retard, je lui ai demandé pardon. Je suis désolée de ne pas l'avoir rejointe le lendemain, aujourd'hui encore je n'arrive pas à m'expliquer pourquoi. Elle est restée silencieuse quelques instants. Ça n'aurait rien changé, m'a-t-elle ensuite répondu, mais c'est moi qui ne me pardonne pas. À certains moments, il faut être présents dans la vie de ses enfants, même si cela semble inutile.

Amanda a récupéré son gros sac dans sa chambre, l'a posé dans l'entrée. Je ne dois pas m'inquiéter. Elle a hissé le sac sur son dos, l'a calé comme il faut. Elle a soutenu mon regard jusqu'à la porte, puis elle a tourné les talons et est partie.

Sa détermination m'a impressionnée. La réalité brisera ses arêtes vives.

Puis le soir, j'ai reçu un message. Elle était bien arrivée, elle dormirait avec les autres dans une grande ferme au milieu des vignes. Un emoji souriant et une grappe de raisin. *Bonne nuit*, lui ai-je écrit plus tard.

Il y a quelques jours, j'ai avoué à Rubina qu'aujourd'hui si c'était à refaire je n'aurais peut-être pas le courage d'avoir des enfants. Tu dis ça parce que tu es en colère, m'a-t-elle répondu.

J'ai envoyé un mail à son père. Il m'a téléphoné peu après, soucieux. Je ne pouvais pas lui parler à ce moment-là : Rappelle plus tard, lui ai-je demandé.

Elle ne peut pas perdre de temps, s'est emporté Dario. Les années passent, les autres gravissent les échelons, occupent les places. J'ai senti l'anxiété dans sa respiration. Il ne comprend pas qu'Amanda ne participe pas à cette course. Comme les enfants sont différents, vus de loin. Flous, imprécis. Irréels.

Il était si contrarié que je n'ai pas eu le courage de l'informer que j'avais pris rendez-vous chez un avocat, pour la séparation. Je le lui écrirai un de ces jours et il sera d'accord.

Il dit qu'il ira parler à Amanda dans les vignes, il essaiera de la convaincre. Alors, moi aussi je m'accroche à ce tout petit espoir. Comme lui, je n'arrive pas à me résigner. Je n'accepte pas que ma fille fasse moins que moi. Sa renonciation est mon échec.

En attendant, elle est là-bas. Pendant un mois, je suis libérée de ma responsabilité, un soulagement. Je suis libérée d'elle. Cette pensée me fait immédiatement honte. Une vague de tendresse me submerge. Je la vois entre les rangs de vigne, avec ses mèches qui s'échappent toujours de l'élastique. Elle me pèse, je l'aime. Plus que tout, je l'aime. Ce mois de septembre va être long.

4

Les jours ont raccourci, le soir c'est déjà l'automne, ici. J'ai envoyé un message au groupe pour leur dire de se couvrir. Je suis arrivée en avance, comme une maîtresse de maison qui se prépare à recevoir ses hôtes. Mais je n'ai rien eu à faire, pas même à ouvrir le portail qui n'existe plus. Plus de cabanon de la Shérif, éloigné de la route. Plus de clôture, de bâtiments, de piscine. L'esplanade était prête, vide à la lisière de la forêt. Quelques traces du passage récent de la pelleteuse, là où elle a mordu, aplani.

Je les ai attendus pendant que le soleil descendait derrière la montagne. Au bout d'une demi-heure, Milo et Rubina sont arrivés, dans sa voiture à lui. Puis les autres, au compte-gouttes.

Ce devait être seulement une répétition, c'est devenu notre concert de fin d'été. Nous avons placardé des affiches dans les magasins de la place et de la rue principale pour l'annoncer. J'en ai collé une dans la salle d'attente de mon cabinet. Certains ont trouvé ça bizarre, la chorale qui chante au Dente del Lupo. Milo, lui, a immédiatement été enthousiasmé par ma proposition. Pierluigi, le ténor, a installé des lumières. Je me demande si les gens monteront pour nous écouter. Les villageois n'apprécient pas les nouveautés, mais ils me surprennent parfois.

Je pensais que les membres de la chorale porteraient des tenues de montagne et à l'inverse nous sommes tous élégants, en noir, comme pour les autres concerts. Samira s'échauffe la voix, sur sa gorge un foulard aux paillettes brillantes. Du houx pique sa cheville nue sous sa jupe.

Des voitures arrivent, elles se garent en file le long de la route. J'ai du mal à y croire en les voyant marcher dans notre direction, certains avec la lumière du téléphone allumée. L'esplanade se remplit. Nous nous préparons à commencer, le public s'assied par terre, certains restent debout. La Shérif déambule, indécise, de plus en plus pataude, elle ne sait pas où se mettre. Alors, Doralice la rejoint, la prend par le bras et la guide. Elle a la maigreur de ses vingt ans, et ce regard confiant. Elle aide sa mère à s'installer sur un rocher, puis elle la laisse et s'avance. Elle s'assied en tailleur dans l'herbe, une mèche rebelle sur le visage. Il lui suffit d'un regard pour me saluer : Hey, Lucia. D'un mouvement imperceptible de la tête, elle m'indique Ciarango à l'écart, qui attache son cheval à un hêtre. Notre cow-boy aussi est venu.

Nous sommes prêts, bientôt Milo donnera le départ. Et voici aussi mon père au fond, avec son tee-shirt

NAVIGARE et un sweat plié sur ses bras croisés. Il me regarde comme si de rien n'était. Osvaldo lui tapote le dos et il se tourne. Quelques instants, et ils s'éloignent en bavardant.

La voix de Samira s'élève, seule et fière pour les premiers vers. Puis nous la suivons dans son *Ederlezi*, nous entonnons avec elle la fête et le sacrifice de l'agneau. Appelées par le chant, Tania et Virginia sortent de la partie la plus obscure de la forêt, elles traversent le pré d'un pas léger. Milo ne s'aperçoit même pas de leur passage derrière lui. Elles s'asseyent à côté de Doralice, sur la poitrine de Tania le collier en jade s'immobilise. Elles écoutent en souriant. *A me čorolo, dural besava / Amaro dive, Ederlezi…* Leur tente n'est pas loin, elles ont déjà tout préparé et partiront tôt demain matin. Le chœur de ce soir est une surprise, il brise le silence des années. Dans le ciel au-dessus du Dente del Lupo file la dernière étoile de l'été.

REMERCIEMENTS

Je souhaite remercier Aura Scarsella de notre rendez-vous chez elle et des longs échanges téléphoniques à huit heures du matin. Grâce à elle, je suis entrée dans le monde judiciaire.

Giuseppe Bellelli et Luciano D'Angelo de leurs orientations avisées.

AnnaRita Glisenti de m'avoir accompagnée derrière cette église.

Egidio Labbro Francia, Sandro Di Minco de leurs conseils quant à l'aspect policier et légal.

Carlo Vervenna, Luciano lu Barone, Berto Costantini : les bergers.

Lidia Duttilo, Massimiliano Di Carlo pour la chorale.

Roberto Crisante, Alberto De Febis, Paolo Pastore qui marchaient à un rythme adapté au mien lors de nos randonnées. Francesco Di Simone qui m'a guidée de nuit pendant la marche en forêt.

Irene Di Silvio, Diego Pompei, ils savent pourquoi.

Merci à Paola Gallo, Angela Rastelli, et à toute la

maison Einaudi ; tous passionnés et scrupuleux. À Patrizia Renzi qui accompagne la naissance de chacun de mes livres.

Sans Raffaella Lops je ne serais pas en train d'écrire cette page. Elle était là quand je suis tombée. Merci.

La première idée de ce roman m'est venue en 2021, alors que j'étais en route pour Rome avec Donato Cavicchia. C'était une journée limpide, les montagnes étaient couvertes de neige. Nous nous sommes souvenus d'un ancien fait divers, advenu sur la Majella. Ce souvenir confus m'est resté, il ne m'a plus quittée. Il est devenu autre chose.

Je suis reconnaissante de la discrétion de qui ne m'a pas connue mais a été pour moi un guide silencieux, invisible.

DE LA MÊME AUTRICE

Aux Éditions Albin Michel

BORGO SUD, 2023

« LES GRANDES TRADUCTIONS »

(extrait du catalogue)

VIOLA ARDONE
Le Train des enfants
Le Choix
Les Merveilles
traduits de l'italien par Laura Brignon

ALESSANDRO BARICCO
Châteaux de la colère, prix Médicis étranger 1995
Soie
Océan mer
City
Homère, Iliade
traduits de l'italien par Françoise Brun

ANDREI BITOV
Les Amours de Monakhov
traduit du russe par Antonina Roubichou-Stretz
La Datcha
Un Russe en Arménie
traduits du russe par Christina Zeytounian-Beloüs

ELIAS CANETTI
Histoire d'une jeunesse, la langue sauvée, 1905-1921
Les Années anglaises
Le Livre contre la mort
traduits de l'allemand par Bernard Kreiss
Le Flambeau dans l'oreille, histoire d'une vie, 1921-1931
traduit de l'allemand par Michel-François Démet
Jeux de regard, histoire d'une vie, 1931-1937
traduit de l'allemand par Walter Weideli

VEZA ET ELIAS CANETTI
Lettres à Georges
traduit de l'allemand par Claire de Oliveira

ELIAS CANETTI ET MARIE-LOUISE MOTESIZKI
Amants sans adresse, correspondance 1942-1992
traduit de l'allemand par Nicole Taubes

GIUSEPPE CULICCHIA
Le Pays des merveilles
traduit de l'italien par Vincent Raynaud

DANIEL DEFOE
Robinson Crusoé
traduit de l'anglais par Françoise du Sorbier

ANTHONY DOERR
Toute la lumière que nous ne pouvons voir
traduit de l'anglais (États-Unis) par Valérie Malfoy

DAPHNÉ DU MAURIER
Rebecca
traduit de l'anglais par Anouk Neuhoff

EMUNA ELON
Une maison sur l'eau
traduit de l'hébreu par Katherine Werchowski

DAVIDE ENIA
Sur cette terre comme au ciel
La Loi de la mer
traduits de l'italien par Françoise Brun

TOM FRANKLIN
Braconniers
La Culasse de l'enfer
traduits de l'anglais (États-Unis) par François Lasquin et Lise Dufaux
Smonk
traduit de l'anglais (États-Unis) par Michel Lederer

FABIO GEDA
Le Dernier Été du siècle
traduit de l'italien par Dominique Vittoz

ESTHER GERRITSEN

Frère et sœur

traduit du néerlandais par Emmanuelle Sandron

DANA GRIGORCEA

La Dame au petit chien arabe

traduit de l'allemand par Dominique Autrand

JOÃO GUIMARÃES ROSA

Diadorim

traduit du portugais (Brésil) par Maryvonne Lapouge-Pettorelli

Sagarana

Mon oncle le jaguar

traduits du portugais (Brésil) par Jacques Thiériot

GEORG HERMANN

Henriette Jacoby

traduit de l'allemand par Serge Niémetz

JUDITH HERMANN

Maison d'été, plus tard

Rien que des fantômes

Alice

Au début de l'amour

Certains souvenirs

Une clarté dans le lointain

traduits de l'allemand par Dominique Autrand

ALAN HOLLINGHURST

L'Enfant de l'étranger

traduit de l'anglais par Bernard Turle

La Piscine-bibliothèque

traduit de l'anglais par Alain Defossé

L'Affaire Sparsholt

traduit de l'anglais par François Rosso

EDWARD P. JONES

Le Monde connu

Perdus dans la ville
traduits de l'anglais (États-Unis) par Nadine Gassie

IAKOVOS KAMBANELLIS
Mauthausen
traduit du grec par Solange Festal-Livanis

YASUNARI KAWABATA
Récits de la paume de la main
traduit du japonais par Anne Bayard-Sakai et Cécile Sakai
La Beauté, tôt vouée à se défaire
traduit du japonais par Liana Rossi
Les Pissenlits
traduit du japonais par Hélène Morita
Première neige sur le mont Fuji
traduit du japonais par Cécile Sakai

YASUNARI KAWABATA ET YUKIO MISHIMA
Correspondance
traduit du japonais par Dominique Palmé

DANIELA KRIEN
L'Amour par temps de crise
L'Incendie
traduits de l'allemand par Dominique Autrand

GUYLA KRÚDY
L'Affaire Eszter Solymosi
traduit du hongrois par Catherine Fay

OTTO DOV KULKA
Paysages de la métropole de la mort
traduit de l'anglais par Pierre-Emmanuel Dauzat

MICHAEL KUMPFMÜLLER
La Splendeur de la vie
traduit de l'allemand par Bernard Kreiss

DORIS LESSING
Le Carnet d'or
Les Enfants de la violence
traduits de l'anglais par Marianne Véron
Journal d'une voisine
traduit de l'anglais par Marianne Fabre
Si vieillesse pouvait
traduit de l'anglais par Natalie Zimmermann

PRIMO LEVI
Le Système périodique
traduit de l'italien par André Maugé
Auschwitz, ville tranquille
traduit de l'italien par Louis Bonalumi, André Maugé, René de Ceccaty et Martine Schruoffeneger

EDOUARD LIMONOV
Autoportrait d'un bandit dans son adolescence
traduit du russe par Maya Minoustchine
Journal d'un raté
traduit du russe par Antoine Pingaud
Le Petit Salaud
traduit du russe par Catherine Prokhorov

PAUL LYNCH
Un ciel rouge, le matin
La Neige noire
Grace
Au-delà de la mer
Le Chant du prophète
traduits de l'anglais (Irlande) par Marina Boraso

MICHAEL MAGEE
Retour à Belfast
traduit de l'anglais par Paul Matthieu

DAVID MALOUF
Harland et son domaine
traduit de l'anglais (Australie) par Antoinette Roubichou-Stretz

Ce vaste monde, prix Femina étranger 1991
L'Étoffe des rêves
traduits de l'anglais (Australie) par Robert Pépin
Chaque geste que tu fais
Une rançon
L'Infinie Patience des oiseaux
traduits de l'anglais (Australie) par Nadine Gassie

THOMAS MANN
Les Confessions du chevalier d'industrie Felix Krull
Dr Faustus
traduits de l'allemand par Louise Servicen

SÁNDOR MÁRAI
Les Braises
traduit du hongrois par Marcelle et Georges Régnier
L'Héritage d'Esther
Divorce à Buda
Un chien de caractère
Mémoires de Hongrie
Métamorphoses d'un mariage
Le Miracle de San Gennaro
traduits du hongrois par Georges Kassai et Zéno Bianu
Libération
Le Premier Amour
L'Étrangère
La Sœur
Les Étrangers
Les Mouettes
Ce que j'ai voulu taire
La Nuit du bûcher
Dernier jour à Budapest
Journal (3 volumes)
traduits du hongrois par Catherine Fay

ALESSANDRO MARI
Les Folles Espérances
traduit de l'italien par Anna Colao

VALERIE MARTIN
Maîtresse
Indésirable
Période bleue
Le Fantôme de la Mary Celeste
traduits de l'anglais (États-Unis) par Françoise du Sorbier

JOHN MCGAHERN
Les Créatures de la terre et autres nouvelles
Pour qu'ils soient face au soleil levant
traduits de l'anglais (Irlande) par Françoise Cartano
Mémoire
traduit de l'anglais (Irlande) par Marie-Lise Marlière

STEVEN MILLHAUSER
La Vie trop brève d'Edwin Mulhouse, écrivain américain, 1943-1954,
racontée par Jeffrey Cartwright,
prix Médicis étranger 1975,
prix Halpérine-Kaminsky 1976
traduit de l'anglais (États-Unis) par Didier Coste
Martin Dressler, le roman d'un rêveur américain,
prix Pulitzer 1997
Nuit enchantée
traduits de l'anglais (États-Unis) par Françoise Cartano
Le Roi dans l'arbre
Le Lanceur de couteaux
traduits de l'anglais (États-Unis) par Marc Chénetier

ROHINTON MISTRY
Une simple affaire de famille
L'Équilibre du monde
traduits de l'anglais (Canada) par Françoise Adelstain

KALANIT OCHAYON
De la place pour un seul amour
traduit de l'hébreu par Catherine Werchowski

EMILIANO PODDI
Immersion
traduit de l'italien par Sophie Royère

ROSELLA POSTORINO
La Goûteuse d'Hitler
traduit de l'italien par Dominique Vittoz
Et moi, je me contentais de t'aimer
traduit de l'italien par Romane Lafore

CHRISTOPH RANSMAYR
La Montagne volante
Le Syndrome de Kitahara
Atlas d'un homme inquiet
Cox ou la course du temps
traduits de l'allemand par Bernard Kreiss

JENS REHN
Rien en vue
traduit de l'allemand par Bernard Kreiss

MORDECAI RICHLER
Le Monde de Barney
traduit de l'anglais (Canada) par Bernard Cohen

RAFFAELLA ROMAGNOLO
Bella Ciao
traduit de l'italien par Françoise Brun

DONAL RYAN
Le Cœur qui tourne
Une année dans la vie de Johnsey Cunliffe
traduits de l'anglais (Irlande) par Marina Boraso
Tout ce que nous allons savoir
Par une mer basse et tranquille
Soleil oblique
traduits de l'anglais (Irlande) par Marie Hermet

BEATRICE SALVIONI
La Malnata
traduit de l'italien par François Bouillot

IVAN SCIAPECONI
40 manteaux et un bouton
traduit de l'italien par Romane Lafore

ARTHUR SCHNITZLER
Gloire tardive
traduit de l'allemand par Bernard Kreiss

ALEX SCHULMAN
Les Survivants
Prochain arrêt
traduits du suédois par Anne Karila

HUBERT SELBY JR.
Last Exit to Brooklyn
traduit de l'anglais (États-Unis) par Jacqueline Huet
et Jean-Pierre Carasso

PAOLO SORRENTINO
Ils ont tous raison
traduit de l'italien par Françoise Brun

MADELEINE ST JOHN
Les Petites Robes noires
traduit de l'anglais (Australie) par Sabine Porte
Rupture et conséquences
traduit de l'anglais (Australie) par Anouk Neuhoff

DAVID SZALAY
Ce qu'est l'homme
Turbulences
traduits de l'anglais par Étienne Gomez

SOPHIE TOLSTOÏ
À qui la faute ? Réponse à Léon Tolstoï
traduit du russe par Christine Zeytounian-Beloüs

NICK TOSCHES
La Main de Dante
Le Roi des Juifs
traduits de l'anglais (États-Unis) par François Lasquin
Moi et le diable
Sous Tibère
traduits de l'anglais (États-Unis) par Héloïse Esquié

DUBRAVKA UGRESIC
Le Ministère de la douleur
traduit du serbo-croate par Janine Matillon

ERICO VERISSIMO
Le Temps et le Vent
Le Portrait de Rodrigo Cambará
traduits du portugais (Brésil) par André Rougon

ROHAN WILSON
Murmurer les noms des disparus
traduit de l'anglais (Australie) par Étienne Gomez

CHRIS WOMERSLEY
Les Affligés
La Mauvaise Pente
La Compagnie des artistes
traduits de l'anglais (Australie) par Valérie Malfoy

Composition IGS-CP
Impression CPI Bussière en novembre 2024
Éditions Albin Michel
22, rue Huyghens, 75014 Paris
www.albin-michel.fr

ISBN : 978-2-226-49268-5
N° d'édition : 25849/01 – N° d'impression : 2081490
Dépôt légal : janvier 2025
Imprimé en France